沙翁と福翁に学ぶ
生きる知恵

石川 実

慶應義塾大学出版会

はしがき

シェイクスピアの作品ほど民族の壁を超えて広く世界に知られ、舞台にスクリーンに或いは読書界に親しまれ、しかも現実社会に様々に係わって来た文芸作品は恐らくないでしょう。それはハムレットが言う様に、シェイクスピアの「芝居が目指すところは、昔も今も自然に対して、いわば鏡をかざして善いものには善い姿を、滑稽なものには滑稽な様子をありのままに映し出して、その時代の特質また本質を余す所無く示すこと」でもあったからでしょう。一方福澤諭吉もまた近代日本の形成期に文明開化への道筋を見極めた先導者として最も大きく貢献した思想家であり、その広く深い人生体験から語られた処世の知恵は今日でも尚人々の胸に響くものがあります。慶應義塾に学び、また三十年程義塾の教職に携りながらシェイクスピアの作品研究に半世紀を過して、いよいよ傘寿を迎えるとなると、沙翁とも福翁とも因縁浅からぬ身として、未熟ながら筆者も沙翁や福翁の言葉を借りて何か自分なりの人生を振り返ってみたくなりました。これなら筆者にとっても処世訓もどき標題が許されるのではないかと考えたわけです。話題が沙翁や福翁の外にも及んだところがありますが、人生模様はそれだけ複雑多岐に亘るということだと思います。

本書がきっかけとなり、読者の方々が沙翁や福翁の全集に新たな関心を示し、これからの人生に新たな勇気と知恵を得ることが出来れば望外の幸いであります。

福澤研究書を数多く刊行してきた慶應義塾大学出版会より本書を世に出せるのは大変に嬉しく思います。佐藤聖編集一課々長には細部にわたりお世話になりました。ご好意を深く感謝します。

二〇〇七年三月

沙翁と福翁に学ぶ生きる知恵　目次

沙翁と福翁に学ぶ生きる知恵

生きるか死ぬか

今の世の中ではごくあたりまえの生活をしていく事もなかなか難しい状況です。電話、イーメール、カード偽造などによる詐欺事件、常識では考えられないような凶悪な事件、しかもいたいけな幼児までが凶悪な犯罪の犠牲になる事も大変多くなっております。まっとうな大人たちが街中《まちなか》で可愛い子どもたちに普通に声をかけることもなかなか出来なくなりました。変な大人と怖《こわ》がられてしまうからです。子供達は見知らぬ人から声を掛けられたら用心するようにしつけられているのです。子供達ばかりではありません。普通の大人であっても誰を信じてよいのか分からない世の中になってしまいました。本来ならば誰からも信頼され、尊敬されるはずの階層にいる人たちまでが醜悪《しゅうあく》な犯罪の加害者であっても、もはや驚かなくなりました。世に言うエリート達も、もはやエリートとしての誇りなど持ち合わせていないのでしょうか。少なくともひとりの人間としてのプライドを持ち合わせないのでしょうか。人は天運から突き放されるとプライドを失い、限りなく堕落して底なしの淵に落ちていくのでしょうか。おまけに大がかりな自然災害や公害が地球上のあちこちに頻繁に発生しております。この様に住みにくい世の中で、したたかに生きていくためにどうすればよいのでしょう。

　　おお神よ、神よ、

この世のいとなみのすべてが、
わたしにはなんとも疎《うと》ましく
陳腐《ちんぷ》で退屈で無益に思える！
ああいやだ、いやだ！　この世は雑草の伸び放題の庭だ、
それが何の役にも立たぬ種を結ぶばかり、
鼻を突くむかつくようなものばかりが
一面にはびこっている。これほどになろうとは！

ありとあらゆる凶悪な犯罪が世の中に溢れ、安らぎと憩いの場であるはずの家庭内でも、病や貧しさの苦しみに耐えられなかったり、あるいは思いもかけない暴力が振るわれたりして、もう死んでしまいたいと、発作的に自ら命を絶つ人が後をたちません。ハムレットも強い自殺志向におそわれましたが、「生きるか、死ぬかそれが問題だ」と真っ向から悩みを切り出し、時間をかけて死についての瞑想にふけりましたから自殺を思いとどまりました。そして「あえて見知らぬあの世の禍《わざわい》に飛びこむよりは、いまの苦しみに耐えるがましと……重荷に耐え、苦しい生活に喘《あえ》ぎ汗水流す」生活に戻りました。これはごく当たり前の結論でしょう。落ち着いて考えれば誰でも死を恐れ自殺行為の無意味なことを悟るのが普通なのです。

エロスかタナトスか

精神分析の分野では人間の幼少期に体験した心の傷、トラウマが成人した後にも様々な強迫観念として心に残り、その人の性格や行動に映し出される事を強調しております。例えば子供の時に親兄弟と死別した悲しみが死に対する恐怖を生涯に亘り掻《か》き立てることになります。そして絶えず死の強迫観念に追い詰められて、死なないですむ為には生まれて来ないこと、生まれて来たからには早く死んでしまうことであるという死への願望に多かれ少なかれ人はみな苛《さいな》まれていると言っております。これをフロイトはタナトス（死の衝動）と言い、エロス（生の衝動）に対峙《たいじ》するものとしております。人間はこのエロスとタナトスの狭間《はざま》にあって「生きるか、死ぬか、それが問題だ」と悩んでいる訳です。フロイト派の批評家達は作家と文学作品との係わりを精神分析の面から洗い出しております。そして文学作品に登場する人物についても実在の生きた人物の様に分析しております。フロイト自身も例えばオイディプスとハムレット、リア王、マクベス夫人、リチャード三世などについて魅力に溢れたエッセイを書いております。日本の文学者について言えばタナトスに殉じた作家として太宰治、三島由紀夫、川端康成、芥川龍之介など錚々《そうそう》たる作家の名が挙げられますが、これは日本には古来から侍の切腹などの様に、死を美化し死によってすべての結末がつけられるというタナトス志向の文化があったという事なのでしょうか。鍋島藩武士の道徳律として知られる『葉《は》隠《がく》れ』にも「武士道とは死ぬ事と見付けたり」の名言があると言われております。たしかに赤穂の四十七士、明治の乃木将軍、昭和の特攻戦士、阿南陸相などタナトスに殉じた人々が武士道の華と称《たた》えられました。そしてハムレットも「死ぬ、眠る、それだけのこと。しかも眠って心の悩みも肉体につきまとうあまたの苦しみも終るというなら、それこそ願ってもない終焉《しゅうえん》だ」と言っております。しかしハムレットは死んですべてが清算できるとか、この世の一切にけりがつくとは考えなかったのです。ハムレットは続けます、「未知の国、究極の旅路からだれ一人として戻ったためしがないから決心がにぶるのだ」と。そして自殺を思い留《とど》まります。

もう一つ別の思いについてはどうでしょう。愛する人との別れが怖《こわ》いから、深くは人を愛さない、ただ一人だけを深く愛することはなく、一様に多くの人と交際するという様な考え方の人も最近いると聞いておりますが、これは凡人の考える事ではない様に思います。同様に「死ぬのが怖いから、生きるのを止める」という思いに若しなるとすれば、それは希有《けう》の才能に恵まれた人にありがちな極めて希有な状況での発想と考えられないでしょうか。

臆病の利

ハムレットはあれやこれや物思う心の為に臆病になり自殺を思い留《とど》まった経緯《いきさつ》を述べておりますが、これを臆病の利と捉《とら》えることが出来ましょう。西洋に「臆病の徳性は疑うことにあり」という諺がありますす。先ず、すべてに疑いをかける事が真実をつかむ為の第一歩となります。咄嗟《とっさ》の判断によらず、臆病になって一呼吸をおく訳です。人生の断崖に立たされた時、多くの人は死への誘惑に曝《さら》されると思いますが、咄嗟の衝動に駆られるのでなく、まず事の次第を疑い考えてみるということです。そうすることでむしろ自殺者こそが現実から逃避する臆病者であるという全く逆の発想も浮かんでまいります。ハムレットは人生を「乱暴な運命の射かける飛礫《つぶて》や鏃《やじり》をじっと耐える」苦難の道と捉《とら》えておりますが、自殺を思い留まり耐えて生きる者こそ真に勇気ある者ということになります。耐えて生きる事の辛《つら》さは正岡子規の随筆『病《びょう》牀《しょう》六尺』にも示されております――「悟りという事は如何なる場合にも平気で死ぬる事かと思って居たのは間違いで、悟りという事は如何なる場合にも平気で生きて居る事であった」とあります。ハムレットは自分の使命に責任を感じ、四面楚歌《しめんそか》のなかでも苦難に耐えて生き抜く決意をしたのです。ハムレットにとり「憂き世」に生を長らえる事は苦しみの連続であり、出来る事なら一思いに死んでしまいたいと思っていた筈です。また犬死にとなれば臆病風に吹かれて居るけれども、時と場を得るならば少しも死を恐れず、むしろ天の恵みと受けとめて居た事が分かります。これはハムレット今際《いまわ》の際《きわ》、毒杯を仰ぎハムレットの後を追おうとした親友に掛ける言葉にも明らかであります。「もし君がわたしを心底から思ってくれるなら、どうかしばらくは天国の幸いから遠ざかり、この厳しい世に喘《あえ》ぎ長らえて、わたしのことを語り伝えてくれ」と言い残したのです。

ハムレットか、ブルータスか

自刃を潔《いさぎよ》しとする事では日本の古武士と並んで古代ローマ人が知られておりますが、ローマ人の中のローマ人と言われたブルータスの言葉は注目に価します。シェイクスピア劇『ジュリアス・シーザー』の大詰めで、ブルータス一派にとっていよいよ戦況不利な事がはっきりして来た時、盟友キャシァスと別れの言葉を交わし、戦《いくさ》に敗れた後どうすべきかについて話し合います。「かつてケートゥが、理由は明らかでないが自害した折、それを責めた倫理感に従えば、これから身に降りかかることを恐れて命を断つというのは、臆病で下劣《げれつ》な振る舞いだと思う。むしろ忍耐して、われわれ下界の者を支配している高い力の摂理に従って生きるべきだと思う」と明言しております。それにも拘らずブルータスの最期は自害でありました。自害を戒めながら自害によって現実を逃避したのは何故でしょう。ブルータスは自信に満ちた理想主義者でありましたから、理想と現実の喰い違いに殊更に目をつむり、頑固なまでに理想に生きた為にいつの間にか現実からすっかり離れてしまい、遂には自分の存在そのものさえも現実から抹消してしまったのだと言えないでしょうか。今日、自殺者が後を絶ちません。その数は年々増えていると聞いております。世のなか一般の風潮としてタナトス志向が少しずつ優位を占めて来ていると言うのでしょうか。それともブルータスの様に心《しん》から追い詰められている人が増えているのでしょうか。

ハムレットは、苦しみ悩み、時に絶望と挫折の淵に立ちながらも最期まで闘い、ブルータスの言う「高い力」、天上の摂理を受け容れる事の出来る柔軟な心を持っておりました。ブルータスの直線的で明快な生涯よりも、ハムレットの複雑で歯切れの悪い生き方のほうが人間らしい気がいたします。

死んで生きる

それでは「生きるか、死ぬか」ではなく、「生きるとは、死ぬこと」と切り出したらどうでしょう。死んだつもりで生きる、死んだとなれば世の中の事柄にはこだわりがなくなります。世の中に在る自分の姿をありのままに受け入れる事が出来ます。人に褒められようが軽蔑されようが一向に気にしないことにします。福澤諭吉はこれを「喜怒色《きどいろ》に顕《あらわ》さず」と教えております。

ただ世の中自分と何のかかわりもないので、世界の情勢などどうでも良いという理屈にはなりません。人間はただひとりだけでは生きて行けません。みな夫々が社会の一員として互いに助け合いながら社会の繁栄につながるように努力する必要があります。つまり人にはそれぞれ社会のなかでの立場があるわけですから、その立場を自覚したうえで、世におもねることなく一人の人間として自由自在に「喜怒色に顕さず」の生活を心がけるということです。福澤諭吉の「学問のすすめ」にも「自由と我侭《わがまま》との界《さかい》は、他人の妨《さまた》げを為すと為さざるとの間にあり」と記されています。そして人はみな他の人を思いやり互いに教え合い学び合い、恥じることもなく、誇ることもなく、互いに人の幸せを願い、人間社会の原理にしたがって親しみ合うようにと勧めております。ここに言う「恥じることもなく、誇ることもなく」とはなかなか難しいことです。ただ自分が死んでしまった、と思えば少しは易《やさ》しくなるでしょう。「生きるとは死ぬこと」を哲学や宗教、或いは精神分析などの分野から考えるならば、様々な解釈が成り立つでしょうが、ここではごく日常的に「死んだつもりで生きる」、「死んで生きる」と考えておきましょう。死んだつもりになれば、何でも出来るということです。

死出の旅はたった独り

しかし死んでしまうということはどんなことなのでしょうか。いろいろと悩み苦難に耐えて来たハムレットが、ふと洩《も》らす言葉があります。悟りとも諦《あきら》めともとれますが、内容は実に単純ながら強く人の心を打つせりふとなっております。「雀が一羽落ちるにも天の摂理があるもの。それが今なら、後には来ない。後に来ないのなら、それは今であろう。今でなければ、やがて必ず来る、覚悟こそすべてなのだ。人はみな、何もかもこの世に置いていく、なれば早くそうすることが何であろう? それでよい。」と言うのです。これは先ず死ぬことを自分の運命として受け容れなさいということです。今日明日に死ぬかもしれないと深く自覚しなさいというのです。そうすれば今日という一日一日を大切に生きて行こうという心構えが備わってまいります。人はみな何れは家族からも愛する人からも引き離されて、たった独りで死出の旅に上《のぼ》る定めになっております。今でなくてもやがて必ず死ぬわけです。しかも多くは予期しない時に突然に死神がやってきます。平安初期の止《や》ん事ない身分の歌人、在原業平《ありわらのなりひら》の詠んでいる通りです。

つひにゆく道とはかねて聞きしかど昨日今日とは思はざりしを

「古今集・哀傷・八六一」

身近に迫る死を忘れずに、しかも死んだら人は何もかもこの世に置いていくと悟るのです。人が死を恐れている一番の原因は「何もかもこの世に置いていく」という為かもしれません。何もかも失うということです。名声や資産ばかりではありません。家族を初めとして愛する人もみな失い、ひとりぽっちになるのです。人間にとってこれ程恐ろしいものはないのです。この様な訳で人は死んでも神様、仏様に護られてひとりぽっちの恐ろしさから解放されたいと願う訳ですが、何もかももはや自分の手のとどかないものとなるのです。心《しん》からそうと悟れば、人に褒められようが、軽蔑されようが、世の誹謗追従《ひぼうついしょう》などはひとりぽっちの怖《こわ》さに較べればみなこの世のバブル、やがて消えてしまうただの泡に過ぎないと得心《とくしん》が行くでしょう。つまり死んだつもりになるということは、「喜怒色に顕さず」の生活を続けるということに等しくなります。そして死に対する恐れさえも少しずつ和らいで来るでしょう。全く物にも風評にもこだわらず、現世はすべて空なりと聖人や高僧の境地に入ることは、凡人にはまず出来ません。ただその様な方向に心を向けていくというだけでも随分と気が楽になります。現実の生活は続ける訳ですから、余り多くを望まずに他人の妨げにならない様に心がけて自立を計ればよい訳です。

労働の喜び

どんな時にも他人の妨げにならない様に心がけることが自立への第一歩となります。若い福澤が長崎遊学の折、山本家の食客となりながら、ただ漫然と居候として身を寄せるのでなく、自ら進んで家事を勤《つと》めて上中下どんな仕事でも引き受けて、骨身を惜しまずに働く喜びをもった話など自立心に溢れて流石と思います。福澤はこれを「鄙事多能《ひじたのう》は私の独特」、つまりつまらない仕事がうまく出来るのは私の得意技と誇らしく記しております。さらに『学問のすゝめ』（八編）では働く事が幸福への必須《ひっす》の条件であると記しております。心身の働きがあってこそ、人間は様々な欲望を叶《かな》える事が出来るのであり、その限りない欲望を天の道理に従って抑《おさ》えて満足すれば一身の幸福が得られるのであるから、働かない者には決して幸福は訪れないと明言しております。更に加えますれば、キリスト教の世界でも労働することが人間生活の基本となっております。使徒パウロがテサロニアの人々に送った書簡にこう記されております。「もし働かない者が居るならばその人には食べさせないことです。近頃、違法なお節介ばかりで、少しも働かない者がいると聞きますが、その様な人達にわたしは主イエスキリストの名で命じ勧告します。落ち着いて働き、自分の食べ物は自分の力で手に入れなさいと」(「テサロニア後書」三・一〇―一二)。下世話にも幸福への三つの鍵があると申しますが、その第一はやはり働く喜び、何かやる仕事を持つことであります。それから第二は何か好きなこと、或いは好きな人と言って良いと思いますが生涯にわたり心を寄せることが出来るものを持ち、さらに第三として希望が湧いて来るなら、幸福への扉が開かれるという訳です。

悪魔の影

今の世の中ではこれら三つの鍵のどれもこれもなかなか手に入れるのが難しくなっております。多くの人が失業で仕事はなく疲労困憊《ひろうこんぱい》して何をしたいとも思わず、寄り添える家族も愛する人も無く、病気や貧困に苦しみながら将来に何の希望も持てずに絶望しております。さらに悪いことに、この様に苦しみ悩んでいる人々を犯罪に巻き込もうと狙《ねら》っている悪人がおります。うまい言葉で誘います。「あなたは星回りがよくないですね。でも諦《あきら》めてはいけません。幸運は自分で呼び込むものです。わたしと一緒にやってみましょう」とか、「いい仕事があります。紹介しましょう」などと声をかけてきます。しかし、ひとたび悪い道に足を踏み込んだならば罪がさらに新しい罪を生み、留《とど》まるところを知らず、もう後戻りが大変に難しく殆ど不可能になるのです。

例えば王位《おうい》簒奪《さんだつ》の野望が芽生えてからというもの、マクベスはダンカン王の殺害に始まり、障碍となる者を次々に殺害して行きますが、罪の恐怖に追い詰められて自暴自棄に陥《おちい》ります。

ここまで血の流れに踏み込んだからには、もはや先へ進まぬにしても、戻ることは渡り切るのと同じに厄介だ。おれの頭にあるあやしい思いが手を求めている、深く考えこまぬうちにそれをやってしまうことだ。

この様な絶望の淵に落ちないに限ります。マクベスとは対照的に罪への誘いを最後まで退《しりぞ》け続けたのが旧約聖書の物語「ヨブ記」に出て来るヨブであります。ヨブは大変に敬虔で信心深いのですが、これはすべてがヨブにとってうまく行っているからであり、ヨブを逆境に突き落とせばその信仰は崩《くず》れ、ヨブも罪に落ちてしまう筈だと悪魔のサタンが神に挑《いど》んで来たのです。神はこの悪魔の挑戦に応《こた》え、ヨブは悪魔の意のまま災難の雨に曝《さら》されます。ヨブは苦難に呻《うめ》き「神よ、わたしはなぜこれ程の災難を受けねばならないのですか？　わたしがどんな悪い事をしたというのですか？」と哀訴《あいそ》いたしますが、最後まで神を信じ称《たた》えつづけるのです。厚い信仰心の手本とされております。俗人には縁遠い話かも知れませんが、注目して頂きたいのはどんなに善人であっても、様々な悲しい惨《みじ》めな境遇に落ちて苦しむことがあるという事です。世の中、悪い事をしたから苦しむとか、善人だから良い思いをするとかいうだけではないのです。善人が酷《ひど》い目に遭《あ》ったり、悪人が良い思いをして大往生を遂げたという様な話はよくあることです。

自分だけが惨《みじ》めなのではない

人の一生には思いもかけないことが起こるものです。行く手をさえぎる障碍に出会った時、どの様に行動するかがその人の将来にとって大切な鍵となります。これが人生、雀が一羽落ちるにも天の摂理と心に決めれば「重荷に耐え、苦しい生活に喘《あえ》ぎ汗水流す」のも自分一人だけではないと気が付いて少しは気が晴れ、今の不運に耐えて生きて行く力も出て来るものです。シェイクスピアの「お気に召すまま」という芝居のなかで、追放され流浪の身となった老公爵の言葉に示されている通りであります。

みても分かるように、

不幸なのはわれわれだけではない。

この果てしない世界という劇場では、

われわれがいま演じている場面よりも

はるかに惨《みじ》めな出し物が上演されている。

人は他の人が苦しみに耐えながら逞《たくま》しく生きている姿を見て勇気をもらったり、また善意ある多くの人の行動に感動して新しい希望を抱いたりします。住み難《にく》い世とは言え、現在でも多くの人々の姿を見て勇気と希望をもらうことが出来ます。災害地を訪れいち早く救援にあたるボランティア活動の人々や、身内の者も及ばないほど親身になって介護にあたってくれている人々の姿は、逆境にある人にも希望と光を与えてくれます。それはこれまで気付かなかった人間界の素晴らしい一面を改めて認識させてくれるので、人々に生命のエネルギーを与え、力強く生きる歓びを感じさせる筈です。シェイクスピア劇『あらし』の中でミランダが感嘆の声を挙げている通りであります。「まあ、素晴らしい。なんと多くの見事な人々が居るのでしょう。人間とはなんと美しいのでしょう。この様な人々が住んで居るこの地は、なんと豪華な新しい世界なのでしょう」と。この様に新たな、思いもかけない幸運な発見もまた人の一生にしばしば起こります。セレンディピティと言われております。もっともっと良い事があるかも知れないと思えばこそ、苦しいなかにも楽しみが出て来るというものです。

馬鹿になる

テレビで「百歳万歳」という番組を見たことがあります。そのなかで農家の或る百歳翁が長寿の秘訣はと問われて「馬鹿になることです」と答えました。まことに名言だと思いました。つまり今までの経験を生かして農作業にいろいろ口出しをするのでなく、自分は馬鹿になって一切を若い者達にまかせてしまうというのです。波風を立てずに平穏な長寿生活を送っている翁にふさわしい言葉です。

平穏な生活は現役を引退した人達ばかりでなく働き盛りの若い人達にとっても一番願わしい事であります。しかし社会の一員として自立して行けば様々な障害や摩擦にも出会います。事柄によっては自分が馬鹿になるだけでは旨く収まらない情況が起こります。

息子への教訓

ハムレットの対極にある体制のなかで宰相《さいしょう》として策略にたけた男がおります。父性愛にかけてはお節介が過ぎる憾《うら》みはありますが、誰にもひけを取りません。フランスへ留学させるにあたり、青年期の息子の身の上が心配のあまり、いろいろと注意事項を申し渡すくだりなど一般の人々にとっても大変面白く参考にもなります。掻《か》い摘《つま》んで記しておきましょう。「自分の考えはむやみにべらべら人に喋《しゃべ》らないこと、過激なことを考えて行動に出ないこと、人と親しみ仲良くなっても品を落としてはならぬ、一度この人こそと見定めた友人は生涯大切にして、鋼《はがね》のたがをかけて自分の心に引っ掛けておくのだ、見知らぬ者を次から次へと友に迎える様な事をしてはならぬ、喧嘩はするな、しかしいったん始めたら相手がその後お前を用心する様にとことんまでやるのだ、誰の言葉にもよく耳を貸して自分の考えは出来るだけ言わぬが良い、服装は人柄を表すので余り奇抜に走らずに財布の許す範囲で立派なものを揃えるが良い、金の貸し借りはしない事だ、その金ばかりでなく友人まで同時に失うことになるし、倹約心も鈍ってしまうからだ、そして一番大切なことは自分自身に誠実であれということだ、そうすれば他人に対しても誠実でなければならないと言う事が、昼の後に夜が来る様に明らかに分かるはずだ」。この様に父親として実に尤もな忠告をしてから、息子を留学先に送り出す訳ですが、今日に於いても状況によっては充分に生かされてよい教訓と申せましょう。万般におよび、先ほどの百歳翁の言葉もこの中では自分の考えは出来るだけ言わぬが良いにあたるでしょう。『福翁百話』にも良く似た教訓が記されております。「知恵は小出しにすべし」とあり、大層な知恵を一度に現わさずに時宜《じぎ》にかなう分だけを、遅滞《ちたい》なく少しずつ小出しにするが良いと言っております。ただ福翁は胸中に大層な知恵を収めて少しも語らずに用いなければ、それは無用の長物であると戒めております。福翁は絶対の知恵は社会全般の進歩の為にも処世の勇気をもって敢えて主張すべきであると考えておりました。

金蘭《きんらん》の交わりに借金は禁物

福翁は朋友の交わりについても、知恵の小出しに等しく平生《へいぜい》から手軽に会い睦《むつ》み、小出しに友情を育《はぐく》むが良いと勧めておりますが、これはいま俎上《そじょう》にのぼしておりますせりふのなかにごく自然に組み込めるものであると思います。ところで「喧嘩はするな、しかしいったん喧嘩を始めたなら」というくだりなどは考えなければなりません。福翁も自ら固く信ずるところを相手に承服させる為には、時に喧嘩も止むを得ないことで獣勇《じゅうゆう》をもって当たれと申しておりますが、これは道理の通る仲での話しでしょう。ただ癇癪《かんしゃく》のぶっつけ合いの喧嘩の類《たぐい》では、やはり負けるが勝ちの方策を取って心の中で相手の愚かさを笑っている方が賢明でしょう。さもないと殺傷沙汰に及んで犬死しかねないのが今の世の中です。それから金の貸し借りの戒めもまことに尤もだと思います。金銭貸し借りのトラブルを無くす為には、普通には先ず貸し方よりも借り方が借金はしないに限ると自重すればよい訳です。福翁も借金ぐらい怖いものはない、金がなければ出来る時まで待つ、金がなければただ使わぬだけと申しております。万《ばん》やむを得ない事情に立ち至ったと思っても先ず倹約に努めることが大切であります。しかし今の今、全く食べ物が無いという程に差し迫った状況ではどうすれば良いでしょう。幸いに福翁の時代と異なり現代社会では貧しい人々を救済する為の様々な福祉制度が設けられておりますから、自分だけで悩んでおらずに、先ず然るべき相談の窓口を訪ねてその様な窮状《きゅうじょう》にならないうちに何か方策を立てておく事が考えられましょう。労働組合、生活協同組合、消費者センターなどの生活経済の専門家に相談するとか、或いは区市町村役所の福祉課に出向いてみるとか、様々な手立てを講じてみることです。また何事もスピーディな現代社会にあっては、金が出来るまで待ってはおられないという人達についてはいかでしょうか。立ち止まり考えてみたいのは、スピーディであることが、必ずしも良い結果につながってはいないという事であります。スピーディな社会が使い捨ての消費生活、公害、環境破壊を生み、地球温暖化、生態系の破壊という問題を引き起こしております。手間隙《てまひま》かけてのリサイクルが叫ばれております。何事もスピーディにという人間社会とは対照的に、広大な宇宙では長い時間をかけて、しかし着実な足取りで開発が進められております。身近な所では健康志向の為にファースト・フードからスロゥ・フードへの転向が勧められております。スピーディな社会生活の中で千客万来《せんきゃくばんらい》はもちろん望ましい事であります。一方新しい友を迎え入れるばかりでなく、平生から長い付き合いを心掛ける事も忘れてはなりません。取り立てて用事がなくても、手軽に相会し鋼《はがね》の箍《たが》で括《くく》られた様に固く親しい交わりを楽しむのであります。その為にも借金ほど怖いものは無いと申せましょう。

道化のように

道化の元をただせば狂人を装って人を笑わせ楽しませる事から始まったと言われております。中世ヨーロッパでは宮廷道化という制度がありましたが、無礼お構いなしの身分を与えられて機知を利《き》かして王侯貴族を楽しませることを仕事としました。宮廷道化と言えば、シェイクスピア劇『リア王』の道化がよく知られております。様々な場面に応じて、とっさに鋭い知恵を働かせて冗談まじりに王様を慰め笑わせながら皮肉を浴びせて、ちくりと真実をつくのです。例えば次のせりふなどが良い例です。

でっかい車がやまからころげ落ちるときは手を放すもんだ、つかまってりゃ、首の骨をやられるのがおちだ。だけどそのでっかいのが上に登っていくときは、しっかりつかまって引っぱりあげてもらうがいい……

「でっかい車がやまからころげ落ちるとき」とは落ち目の人間リアで「そのでっかいのが上に登っていくとき」とは権勢ふるうリア王をさしております。落ち目のリアについて行く者はいないが、権勢誇るリアに媚びる人は多かったと言っている訳です。そしてドラマの主題とも言える様な大事な事柄でさえ鼻歌交じりにさらりと言ってのけるのです。

ぼろ着たおやじに、子は見ぬふりし、銭《ぜに》もつおやじに、子はやさし。運の女神は、名うての遊女、貧乏人に戸はあけぬ。

この道化の場合にも言えることですが、宮廷道化はしばしば王侯貴族よりも一段高いレヴェルから話しております。つまり道化はそれとなく真実を突きながら、心のなかで相手を哀れんだり、慰めたり、さげすんだり、笑ったり出来る立場に居る訳です。

さて様々な人付き合いのなかで、なかなか自分の意見が言い難《にく》かったり、だからと言って馬鹿になり切って何も言わないで居ては腹の虫が治まらないということがあります。その様な時に、道化の立場に立ってみてはどうでしょう。冗談まじりに少しずつ自分の胸の内をちらつかせながら、怒らせない程度に相手の話を面白おかしく茶化し、それとなく自分の思いを通すのです。

朱に交わりながら赤くならない

道化流の茶化しに似た話が福澤の若い頃のエピソードにあります。福澤が道化の立場を必要としたと言うのではありません。福澤は臨機応変に知恵を働かせて朱に交わりながら赤くならない人付き合いをして面白がっていたというのであります。福澤は若くして一角《ひとかど》の漢学者などでも太刀打ち出来ない程の漢書を読み終えて文才際立っておりました。学問や思想の分野では既に自他共に許す高いレヴェルに居りましたから、誰に対しても臆することなく自分の意見を堂々と言える立場にあり、道化の隠れ蓑などを必要とはしませんでした。緒方の塾で同窓の乱暴書生達が盛んに茶屋遊びの話などに興じている時など、同輩達をあっさり見下して嗜《たしな》める事も出来たでしょうし、また独り孤高を持し超然としていることも出来たでしょう。ところが福澤はその様な世界に大いに興味があるかの様に、また万事その方面に通じているかの様に大言壮語を吐きながら騒ぎ立て、同輩達の野暮を冷やかして面白がっておりました。しかも自らは鉄石の如く清浄潔白《しょうじょうけつぱく》を貫いたと言うのであります。ですから福澤のこの豪快な人付き合いは少しばかり道化気味に、座が白けない様に配慮したのだと思います。そして飽くまでも自ら信ずる絶対の主義を通して、朱に交わりながら赤くならない為の方策でもあったのだと思います。

お忍びの人間探訪

シェイクスピア劇の中で大きく取り上げられている話ですが、英仏百年戦争でイギリスを勝利に導き、理想の名君と仰がれたヘンリィ五世も皇太子ハル王子の時代に追《お》い剥《は》ぎなど様々な悪事を働く無頼《ぶらい》の徒フォルスタフの仲間に入って過ごしました。ハル王子は社会の安定勢力と造反勢力、騎士道と極道《ごくどう》、教会と無法地帯の双方の世界に足を踏み入れて、状況の変化を敏感に捉えながら体験を広めて行きました。ハル王子はたとえば悪の体験であっても、心あればやがて統治者となった折りに、何かに役立てる事が出来ると信じていたという訳です。その不行状《ふぎょうじょう》は目に余りますが、徳川将軍お忍びの下町探訪のエピソード位に考えておきましょう。つまり高いご身分故に出来るお遊びであります。しかし特に注目すべき事があります。それは福澤と同様、ハル王子もどの様な場に居ても、常に自分を見失う事が無かったという点であります。

無法者のなかに居て密《ひそ》かに独白するハルの言葉がこれを示しております。「お前達の正体はすべて分かっている。それでも暫《しばら》くの間は、お前達のしたい放題、勝手気ままに加わっている。だがここでわたしは太陽を真似ているのだ。太陽はあの厭《いと》わしい妖雲《よううん》に厚く蔽《おお》われて、その美しさが隠されて見えないままで居る事もあるが、それは望まれて再び自分の姿に戻りたい時に、窒息するほど忌《い》まわしく醜《みにく》い濃霧を突き破り、一層よけいに感嘆の眼をもって迎えられる為なのだ。もし一年中、毎日が遊びの休日なら遊びも仕事と同様に退屈になるものだ。めったに休みとならないからこそ待たれるもので、稀《まれ》な事ほど喜ばれるものはない。その様に、わたしがこの放埓《ほうらつ》な振舞いをかなぐり捨て、約束もしなかった負債を支払い、予想以上に立派であればあるほど人の予想は外れて喜ばれるという訳だ。そして黒い地金《じがね》に光り輝く黄金細工《こがねざいく》の様に、わたしの改悛《かいしゅん》も今のこのふしだらがあればこそ、側《そば》に引き立て役がない時よりも一層見栄《みば》えがして、余計に人の目を惹《ひ》くというものだ。こうして不行状を働くのも、つまりは一つの技巧で、人が予想もしない時に、失われた時を償《つぐな》うためなのだ。」

朱に交われば赤くなる

ハルや福澤の様にどの様な時にも決して自分を見失わずに居る事は凡人にはなかなか出来ません。朱に交われば赤くなるのが一般ですから、凡人はやはりかの高邁《こうまい》なローマ人、ブルータスについて語られた言葉に耳を貸すべきでしょう。「そう、ブルータス、君は清廉潔白《せいれんけつぱく》の士だ。だが、君のその気高い心といえども、本来の思いとは違う方向に動かされないとは限らないのだ。だから人格清廉な人は同じ様に清廉な人と交わる事が大切なのだ。何故なら決して誘惑に負けないと言うほど心のしっかりした人間など居るだろうか。」

果たしてブルータスは野心家達の格好《かつこう》の狙《ねら》い通り、シーザー暗殺の中心人物になってしまいました。シーザー暗殺が内乱を呼びその悲惨な結末はいみじくも福澤の言葉に集約されております。「暗殺を以てよく事を成し世間の幸福を増したるものは未だ嘗《かつ》てこれあらざるなり」「内乱を起せば……暴を以て暴に代え、愚を以て愚に代えるのみ。……凡《およ》そ人間世界に内乱ほど不人情なるものはなし。……家を焼き、人を屠《ほふ》り、その悪事至らざる所なし」と。

福澤自身は幕府の開国政策が未だしっかり定まっていなかった為に、乞われても正規には仕官せず、また福澤が望んだ様に開国政策を打ち出した明治政府についても、その官僚にはなりませんでした。その本当の理由は幕府上級武士や政府高官達の空威張《からいば》りの風潮に染まることを極度に嫌った為でありました。福澤でさえも肝心な所では朱に交わらない様に心掛けたということであります。

上司と部下のコミュニケーション

上司が部下に対して空威張りをするという事を福澤は最も嫌いました。社会組織の中で上下の区別ができるのは止むを得ません。生まれながらにして人に上下の差別は無いのですが、夫々の能力やどんな業務をするかによって福澤の言う様に、人々の有様は千差万別となります。経営者と就労者、企画を立てる者とそれを実行する者、難しい仕事をする者と易しい仕事をする者という具合です。業務の効率を上げる為には適材適所で夫々が自分の能力を最大限に発揮できる事が理想であります。それには相互のコミュニケーションが大切である事は誰でも承知しております。しかし現実には人それぞれのバックグラウンドや利害関係が異なりますから様々な障碍が起こります。

意識の違い

コミュニケーションの障碍を乗り越える為には互いの信頼関係を深める事が良いと思いますが、その前に上司と部下の間には避けられない意識のずれがある事を承知すべきです。それは責任の重さの違いから生ずるずれと言えましょう。少し大袈裟《おおげさ》になりますが国王と臣下の意識のずれに喩《たと》えてみましょう。例の理想の名君ヘンリィ五世はアジンコートでのフランス軍との決戦前夜、一介《いっかい》の兵士の姿に身をやつして味方の陣中を巡り、士気を高めようと兵士達に声をかけて行くうちに、統治者としての立場の重さに改めて驚き、独白します。「責任は国王に！いのちも、魂も、借金も、世話女房も、子供も、それから罪悪もだ、責任はすべて国王に負わせるがいい！　何もかもわたしが背負わねばならないのだ。何という重荷なのだろう！　国王の尊厳とまるで双子の様に授かった辛《つら》い境遇なのか。しかも自分の苦しみしか分らない様な愚か者達に仕えなければならないとは！　国王だからと言って、庶民の一人一人が無限に享受《きょうじゅ》しているか心の平安を一体どれだけ捨てなければならないと言うのか！……一般の輩《やから》は昼間は力の限りに働いて、夜になればぐっすり眠り、国王よりもずっと良い立場に居る。下僕《げぼく》であっても国の平和を共有し享受できる事に変りはないのだが、その平和を維持する為に、国王がどれだけ心を砕いているか、そのお粗末な脳味噌では分かるまい――」大仰《おおぎょう》ですが、多かれ少なかれ上司と部下の立場にはこの様な違いがある訳です。通俗的な見方では、物の考え方には自分が直接に係わる者として主観的に見るか、或いは第三者として外側に立ち客観的に眺めるかの二通りがあります。上のせりふからも察せられると思いますが、一般に上司は客観的に、部下は主観的に考えるのが普通とされております。この視点のずれを埋《う》める為には日頃からの心の触れ合いを大切にして意思《いし》の疎通《そつう》を計る必要があります。

心はハート（心臓）に在る

人の心とは何でしょう、何処にあるのでしょうという事が最近活発な話題となっております。

人は体のどこで物を考えるのだろうかという事は、実は古代から漠然《ばくぜん》とながら問題とされて来ました。そして古代人は、人は心臓（ハート）や肝臓などの臓器で物を感じたり考えたりして、感情とか欲望は肝臓に居座《いすわ》っていると信じて居たようです。従って人の心は心臓や肝臓などの内臓部に在ると考えられておりました。古代エジプト人は人の体をミイラ化するに当たり、心とか意識とかの源《みなもと》と考えられた臓器については大切に保存措置《そち》を取ったけれども、脳はさして重要ではないと考えて廃棄してしまったと言われております。臓器で物を考えたという時代には感情的な要素が強調されて一般には主観的な考え方が主流であったと思われます。

心は脳に在る

「われ考う、ゆえにわれ在り」の言葉で名高いデカルトこそが、人の心とか意識とか言われるものが脳に係わっている事を示唆《しさ》した画期的な人物と考えられましょう。そして脳で物を感じ考えるとなると理性が強調され客観的な考え方が重んじられる様になりました。

テレビ番組「脳を鍛える」を見ました。最先端の脳科学者として知られている東北大学の教授は様々な実験データをもとに、人間は脳の前頭前野で学習、記憶、コミュニケーション、或いは意志の制御など、人間の思考や意志の活動を行なって居ると指摘し、人間の心は若しかしたら脳の前頭前野に在るのかもしれないと推測しております。脳死を以て人の死とするかの議論が騒がしい今日、誠に興味深い問題提起であると思います。心臓死から脳死へ、人の心もハート（心臓）から脳へと移って行くのでしょうか。

対面のコミュニケーション

心を通わせること、つまり意思の疎通《そつう》についての実験データも示されました。対面のコミュニケーションでは右側の前頭前野が活発に活動し、相手の表情から感情を読み取ろうとしている事が分かります。そして携帯電話を通しての場合は前頭前野が殆ど働かないと言う事です。相手の感情を敏感に捉《とら》えながら進行する対面のコミュニケーションの方がすべての面で良い事は明らかです。相手の感情に合わせて自分の感情を調整出来るし、また自分の感情も伝わるので相手も同じように感情の調整が出来て意思の疎通は一層なめらかになります。理に走るでもなく、感情に走るでもなく、同時に知と情の双方に棹《さお》さすことが出来る脳に鍛えたいものです。

外見に人柄が表れる

表情は明らかにコミュニケーションの重要な要素でありますが、これに付随《ふずい》して服装とか容《よう》貌《ぼう》とかにも注意をはらう必要があります。人を外見で判断してはならないとは良く耳にする言葉ですが、福澤の言う様に何事も適度にというのが原則であります。例の息子への教訓にも「服装は人柄を表すので余り奇抜《きばつ》に走らずに財布の許す範囲で立派なものを揃えるが良い」とあります。そして福澤は『学問のすすめ』で明快な喩《たと》えをあげて外見の重要性を述べておりま す。「顔色容貌《かおいろようぼう》の活発愉快なるは、人の徳義の一か条にして、人間交際に於いて最も大切なるものなり。人の顔色は猶《なお》家の門戸の如し。広く人に交わりて客来《きゃくらい》を自由にせんには、先ず門戸を開いて入り口を洒掃《さいそう》し兎《と》に角《かく》に寄り付きを好くするこそ緊要《きんよう》なれ」と。

今日では男性サラリーマンも積極的に服装や容貌など身繕《みづくろ》いに精を出しているそうです。営業マンが容貌に凝《こ》るあまり美容整形までするという話まで耳にします。それによって営業成績がぐんと上がると言うのですから、美容整形など行き過ぎだとは思いますが、さりとて容貌などとないがしろにもできません。四十過ぎたら自分の顔に責任を持てとは良く聞く言葉ですが、これは正しい思い、美しい思いを持って生涯を送って来た人の顔立ちにはそれなりの品格が備わってくる事を教えているのだと思います。「人の顔にはその心が表れる」とは古代ローマの哲人キケロの時代から言われております。

福澤も人智の発達に伴って人の顔立ちも改まる事を示唆《しさ》し、容姿容貌などとゆめ等閑《なおざり》にすべきではないと諫《いさ》めております。「人或いは言わん、言語容貌は人々の天性《てんせい》に存するものなれば、勉《つと》めてこれを如何ともすべからず、之を論ずるも詰《つ》まる所は無益に属するのみと。この言、あるいは是《ぜ》なるが如くなれども、人智発育の理を考えなば、その当たらざるを知るべし。凡《およ》そ人心の働き、これを進めて進まざるものあることなし。その趣《おもむき》は人身の手足を役《えき》して、その筋を強くするに異ならず。されば言語容貌も人の心身の働きなれば、之を放却《ほうきやく》して上達するの理あるべからず。然るに古来日本国中の習慣に於いて、この大切なる心身の働きを捨てて、顧《かえり》みる者なきは大いなる心得違《こころえちが》いに非《あら》ずや。故に余輩《よはい》の望む所は、改めて今日より言語容貌の学問と云うには非ざれども、この働きを人の徳義の一か条として等閑《なおざり》にすることなく、常に心に留《とど》めて忘れざらんことを欲するのみ」と。

勿論ハムレットが「人は微笑《ほほえ》み、微笑み、しかも悪党たり得《う》る」と吐き捨てた様に、また『マクベス』の幕開けの後間もなく、ダンカン王がそれまで絶対の信頼を寄せていた謀反人《むほんにん》についいて、人の顔つきからその人の心の造りまで知る術はないと述懐《じゅつかい》した様に、上辺《うわべ》だけの見せ掛けに欺《あざむ》かれることも事実です。しかし身なり容貌がきちんとしていれば人の信頼、人望も得《え》易《やす》いというのが一般の傾向であります。そして今日、この映像重視のＩＴ社会では容姿、容貌の果たす役割は益々大きくなっております。既に今では色褪《あ》せた歴史事項となりましたがケネディ対ニクソンの大統領候補テレビ討論で、明るい服装に身を包み活発な身振りで聴衆に訴えたケネディが、フォーマルな色合いの服装で粛然《しゅくぜん》と襟を正して訴えたニクソンよりも断然人気を博した話など、後の語り種《ぐさ》となりました。

栄誉、人気、信頼

栄誉栄華をほしいままにした平氏一門の西海《さいかい》に果てた悲しい物語は、その余りにも無常の、美しい書き出しで知られております。「祇園精舎《ぎおんしょうじゃ》の鐘《かね》の声《こえ》、諸行無常《しょぎょうむじょう》の響《ひび》きあり。沙羅《しゃら》双樹《そうじゅ》の花の色、盛者必衰《じょうしゃひっすい》の理《ことわり》をあらわす。おごれる人も久しからず、唯《ただ》春の夜の夢のごとし。たけき者も遂《つい》には滅《ほろ》びぬ、偏《ひとえ》に風の前の塵《ちり》に同じ。」

沙翁劇『お気に召すまま』では人生を七つに区切っておりますが、その一番活発な第四期に軍人の生活振りが出てきます。「次に出てくる軍人は、奇抜《きばつ》な誓いを胸に詰《つ》め、豹《ひょう》のように髭《ひげ》はやし、名誉欲では無二無三《むにむさん》、滅多矢鱈《めったやたら》に喧嘩っ早く、砲門をさえ恐れずに、あぶくのような功名《こうみょう》を、立てたいばかりに突《つ》っ走る」という訳です。引用したどちらの文章も栄誉、名誉、功名、人望、人気と言ったものがみな空しい泡《あわ》の様なものであることを示唆《しさ》しております。

福澤は栄誉人望は求めても無益なことがあるばかりか、時には藪《やぶ》医者の人望の様に実害を流す恐れさえありますから、求めるべきかどうか、その本質を見極める必要があると説いております。看板倒れの多い世の中にあって、見識ある人々が栄誉を求めず、これを浮世の虚名《きょめい》と排《はい》除《じょ》しているのは分るけれども、人間社会の出来事がすべて虚偽ばかりで成り立っている訳でもないので、実のある所は大いに吹聴《ふいちょう》宣伝して信望を集め、世の為人の為に尽くす事こそ肝要であると言っております。「社会の人事は悉皆虚《しつかいきょ》を以て成るものに非ず。人の智徳は猶花樹《なおかき》の如く、その栄誉人望は猶《なお》花の如し。花樹を培養《ばいよう》して花を開くに、何ぞ殊更《ことさら》に之を避くることを為《なさ》んや。栄誉の性質を詳《つまびらか》にせずして、概して之を投棄せんとするは、花を払《はらっ》て樹木の所在を隠《かく》すが如し。之を隠してその功用を増すに非ず、恰も活物《かつぶつ》を死用するに異ならず。世間の為を謀《はかり》て不便利の大なるものと云うべし」多くの人が花に誘われて樹木の下に寄り集まりますが、人望、名声もまた花の様に人々を惹《ひ》き寄せるということでしょう。その樹木には名声に見合うだけの実《じつ》がなければなりません。

商売と商品の値打ち

信頼に基づく評判、信望がなければ商売繁盛は望めません。福澤の譬《たと》えに示されている通り信望が花樹の花の様に客集めをするからです。福澤は評判の高い商店や百貨店の商品などを人々が躊躇《ちゆうちょ》せずに安心して購入する例を挙げております。今日のブランド志向もそもそもの起源は同じなのでしょうが、購入者の虚栄心もそれを煽《あお》っている様です。また芸術作品収集の場合などでも、芸術家の名声や栄光と言う様なことを考慮して収集にあたる事が多いと思いますが、時にはその売買価格がどの様に決められるのか不可解な事が起ります。例えば無名の画家の作品として二〜三万の売値の付いていた絵がゴッホのものと分ると、ロンドンのサザビーズ・オークションで売値が数千万円に跳《は》ね上った話などを聞くと誠に複雑な思いがいたします。ゴッホ絵画の名声と栄光が商業界に余りに広まり過ぎて、売値を左右する芸術性もいつしか投機的な商品価値に取って替《か》わられてしまった様な気分になります。「栄光とは水面《みなも》に輪を描いて次々に広がる波紋《はもん》の様なもので、とどの詰まりは無辺際《むへんざい》に広がり消えてしまう」一面を合わせ持っているのでしょうか。これは沙翁劇ヘンリィ六世、第一部、幕開け間も無くに登場する、かのジャンヌ・ダルクがイギリスの栄光も必ず消滅すると誓いフランス軍の士気を鼓舞《こぶ》した言葉でありますが、広くあてはめて深い意味が感じられます。何事であれ、何れは消滅する定めとは言え一日でも永くと願うのは人情の常であります。殊に芸術品などについては、その栄光がいつまでも純粋であって欲しいと思います。

男女の出会いと配偶者の選択

男女の交わりで一番大切にしなければならないのは互いに信頼し合い理解し合う事だと思います。商売上ばかりでなく信頼こそ人間社会ではすべての活動の基本となっております。男女が始めて出会い顔を合わせているうちに、ごく自然に信頼と理解が生まれて来なければ二人が親しく交際する事はないでしょう。社会活動の中での親しい付き合いに留《とど》まることもあれば、少しずつ互いに愛情が芽生えて恋愛に発展する事もありましょう。恋愛の間柄になっても順調に事が運ぶとは限りません。沙翁劇に『真夏の夢』という恋の夢物語があります。二人の若者が公爵の面前に出て、ひとりの美しい娘をめぐって恋人としての正当性を主張するのですが、娘が恋している若者には父親の許しが出ていないのです。その若者が言う様に「真実の恋の道がなだらかであった験《ため》しがない」のであります。福翁の言うように子供が成人に達してからは、たとえ親といえども子供の将来の問題についての決断を強いてはならないのですが、現実には様々な障害が起こります。身分の違いや年が離れ過ぎていることや親類縁者の干渉やらと様々な問題をクリアしなければなりません。福翁も自分で配偶者を選ぶに当たっては、男子の風采《ふうさい》、女子の容色《ようしょく》、家風などの外、遺伝性の病の有無や健康、知力などについても考慮すべきであると言っている様に、たとえ外からの干渉が一切ないとしてもなかなか容易ではありません。

父権社会での女性の立場

さて福翁の挙げている様な条件を一応満たしたとして、結婚にはどのような心の準備が必要になるでしょうか。先ず男子と女子の社会での立場について少しばかり調べてみる必要があります。今日でも洋の東西を問わず男性優位社会である事は否めませんから、男子が先ず考え直さなければならない事が多いと思います。母権社会というのも存在したと言われておりますが、父権社会は太古から、既に人間の狩猟期から根付いていたと考えられます。人間社会は家族単位から始まり部族社会へと、そして次第に大きな集団へと纏《まと》まって行ったのですが、互いに協力して成し遂げる第一の仕事は食糧の調達《ちょうたつ》でありました。体力に勝る男子が主動的な役割に当たった事は明らかです。部族間の争い事が起こった場合も同様であります。生命誕生の本源としての女体崇拝から母権社会が生まれても、間もなく男根崇拝に取って代わられて父権社会に移行したと考えられます。宗教も亦みな父権社会に手を貸しております。聖書ではイヴはアダムの肋《あばら》から造られて女は男の体の一部ということになり、その頭《かしら》は男であり、女は脆《もろ》く、弱い器《うつわ》であるので強い器の男に護られるのが当たり前とされております。多くの少女達の愛読書となる童話の世界にも、無力で頼れる者もなく絶望の淵《ふち》に落ちているお姫様が、強く頼もしい王子様に救い出されて漸《ようや》く幸せになると言う原型があり、しばしば恋愛小説などに引き継がれております。こうして女性はただ男性に嫁《とつ》ぐ事によってだけ幸せになれるという考え方が広まった訳です。この様にして父権社会では多くの女性が、か弱く淑《しと》やかで恥じらい勝ち、大胆に人前で意見など言わないという言わば良妻賢母型に嵌《は》め込まれて育てられ、教育されて来ました。結果として女性は家庭にあって家事や子育てに専念し、男性は外で働き生計の担《にな》い手、大黒柱としての役割を果す事になりました。この男女の役割分担の裏には男性が困難で時には危険を伴う仕事をして女性を護るという意識があったのだと思います。

『じゃじゃ馬ならし』

沙翁劇『じゃじゃ馬ならし』は、一人の紳士が財産目当てに、富豪の娘をじゃじゃ馬と知りながら嫁にして、誠に荒っぽい遣《や》り方で貞淑な妻にしてしまうという喜劇であります。所はヴェニスの西方二〇マイル程に位置するパデュアの街、バプティスタという富豪に二人の娘カタリーナとビアンカが居りました。姉のカタリーナは大変なじゃじゃ馬、反抗的で妹いじめばかり、時に暴力沙汰で父親の厄介者、妹のビアンカは控えめで父親に従順なお利口さんと言う設定です。ビアンカに求婚する者が多い中、バプティスタは姉娘の婚約が整わない限り、妹娘の方を先に嫁に出す気は絶対にないと宣言します。ビアンカの求婚者達は絶望しながらも、カタリーナを嫁にしてくれる奇特《きとく》な男は居ないものかと協力して探し回ります。そんな時、求婚者の一人の友人でヴェローナの紳士ペトルーチオが現れて、金のある女房を見付ける為にパデュアへ来たのだと言います。話はとんとんと進んで早速バプティスタの許に行き、カタリーナを嫁に欲しいと申し出ます。バプティスタは戸惑《とまど》いますが、カタリーナが承知すれば良いでしょうと言う事になります。カタリーナに対面する前に独白するペトルーチオの言葉を聞いてみましょう。「もし毒づいて来たらナイチンゲールみたいに可愛い声だと言ってやる。顰《しか》めっ面《つら》で睨《にら》んで来たら、朝露《あさつゆ》に洗われたバラの花みたいに奇麗《きれい》だと言おう。黙《だま》り込んで一言も喋《しゃべ》らなかったら、なんと口達者《くちだつしゃ》で敏《さと》い事を言うと褒《ほ》めてやるんだ。帰れと来たら、一週間も一緒に居てくれとせがまれた様な顔で礼を言おう。結婚なんかまっぴらよと来たら、結婚の予告は何時？　結婚式の日どりは何時に？　と迫ってやるんだ」。ペトルーチオはこの独白の様な調子で一方的にカタリーナとのやりとりを片付けてしまい、頬《ほお》をひっぱたかれようと引っ掻《か》かれようと一向にかまわず、強引《ごういん》に婚約を取り付け、今度の日曜日に式を挙げると無理やりに決めてしまいます。ところが結婚式の当日には時間になってもなかなか現れない、ようやく遅《おく》れてやって来たかと思えば、かの織田信長のうつけ振りを想《おも》わす様なぼろ着です。周《まわ》りの戸惑いなどに頓着《とんちゃく》せずに教会で式を挙げるが、荒っぽい振舞いに度肝《どぎも》を抜かれて牧師が聖書を落としてしまうと、げんこつを食らわすと言う始末です。おまけに急用で夜のお披露目の宴には出られないので皆さんで宜しく祝杯を挙げてくれと言うが早いか、嫌《いや》がるカタリーナを抱きかかえて馬に跨《また》がり、略奪結婚よろしく連れ去ってしまいます。泥んこ道に難儀すれば同行の召し使いを殴《なぐ》り怒《ど》鳴《な》り散らすので、カタリーナは怖《こわ》くなり、宥《なだ》めるというこれまでの彼女にとっては考えられない行動にでます。ペトルーチオの山荘に着いてからは数人の召使達を相手に横暴な旦那様振りを一層あからさまに見せ付けます。「食事だ、水だ、靴を脱がせろ、料理を持って来い、花嫁に無作法だぞ、なんだ肉が焦《こ》げてるぞ、俺の嫌いな物を食わす気か、何もかも花嫁には相応《ふさわ》しくない物ばかりだ、飲み物も食い物も下げろ！」と怒鳴り散らし食べ物や食器を召使い目がけて投げつけるのです。お腹の空いたカタリーナには食べることも飲む事も休息を取る事も叶《かな》わずに疲れ果て、ただ旦那様を宥《なだ》めるしかありません。ペトルーチオは野生の鷹を飼い馴らすことになぞらえ、カタリーナに食わさず飲まさず眠らせないのです。しかもすべてはカタリーナを大切に思って居るからこそであるという雰囲気の中で為されているのです。たとえばカタリーナがうとうとすれば召使を怒鳴りつけるという具合です。嘗《かつ》てのカタリーナのじゃじゃ馬振りをペトルーチオ自身が代わって演じ、その醜《みにく》さに気付かせるという、言わば心理劇療法の様なやり方です。ここが沙翁劇独特の面白さと奥の深さと言えるのですが、沙翁劇以前或いは以後も、じゃじゃ馬ならし劇の多くは女性を直接に殴打《おうだ》し痛めつけると言うものでした。ところが沙翁劇では手が早いのはカタリーナなのです。召使いを殴打《おうだ》し痛めつけると言うのはローマ時代からの笑劇の定番《ていばん》となっておりますが、この外にペトルーチオが暴力を振るうことはありません。カタリーナに食事を持ってきても、箸をつけ始めたばかりなのに、洋服屋が来たからと言って食事を止めさせて父親の許での宴に出席する為の洋服選びに入ります。カタリーナが気に入っても淑女らしくなってからにしようと洋服屋を追い返してしまうのです。仕舞《しま》いには、ペトルーチオが午後の二時を七時だと言っても、月を太陽だと言っても、老紳士を若い婦人だと言っても、ただ従うしかないと思わせてしまうのです。そして父親の許での宴の後、結婚したばかりの妹ビアンカよりも、再婚して新しい夫を迎えたばかりの未亡人よりも、誰よりも夫に従順な妻として、カタリーナは妻が夫に従う徳義についてこう語ります。「夫はあなたの殿様です、命です、主人です、頭《かしら》です、君主です。絶えずあなたに気を配り、あなたの暮らしを護る為に海でも陸でも辛い仕事に身を委ねて居るのです。あなたが暖かい家の中で安全に安らいで居ることが出来る様に、夫は嵐の夜も凍《こご》える日中も見張りを続けているのです。それなのにあなたに求めるものは愛情と優しい顔と貞淑で素直な心だけなのです。大きな借りがありながらこの様に少ない支払いなのです。ですから婦人は臣下が君主に仕える様に夫にかしずいて暮らすべきなのです。……」

『じゃじゃ馬ならし』は沙翁時代のイギリスの男性優位社会が女性にどれほど不当な処遇《しょぐう》を強《し》いる事が出来たかを白日のもとに曝《さら》しております。冒頭に序幕を設定して一応劇中劇の形式を取っておりますから、男性優位社会の矛盾だらけの暴虐振《ぼうぎゃくぶ》りを面白おかしく誇張して、人々を楽しませるのが狙《ねら》いであった事は明らかであります。しかし沙翁時代には夫が妻の服従を期待するのはごく当たり前の現実でありました。今日では誰しも『じゃじゃ馬ならし』の様な事があって良い筈はないと思うでしょうが、か弱い妻は夫に従順であってこそ夫に護られて女としての幸せが得られるというのが『じゃじゃ馬ならし』のテーマであったのです。そして男性優位社会の男女の差別を受け容れる方向に力を貸したのも事実だったのではないでしょうか。

ロマンスの世界と女性崇拝

女性の護衛と紙一重の女性崇拝について一言だけ触れておきましょう。中世ヨーロッパ封建社会の担《にな》い手となった騎士達が出現すると、貴婦人に仕える騎士の物語が人気を呼び、一二〜一三世紀の西ヨーロッパ全域に広まりました。騎士道の理想は虐《しいた》げられた者を救済し、貴婦人の名誉を護《まも》る事にありました。貴婦人に絶対の忠誠を誓って仕えるというロマンスのテーマは、一二世紀の南フランスでクレティアン・ド・トロワというフランス詩人の作品に顕《あら》われたのが始まりと言われています。アーサー王伝説はなかでも有名なロマンスで既に中世ヨーロッパ文学に広く浸透《しんとう》しておりました。歴史と伝説が混交して叙事詩へと変貌《へんぼう》するなかで、騎士が貴婦人に崇拝する様に仕え、しかも秘密は死守するという義務がある宮廷風恋愛《アムール・クルトワ》の物語が歌い上げられて行きました。

プラトニック・ラヴ

古代ギリシャの哲人プラトンは真・善・美は三位一体であることを説き、中世以来のヨーロッパの思想に大きな影響を与えてきましたが、純粋に精神的な愛の美しさを意味するプラトニック・ラヴという言葉は今日でも多くの人々に使われております。これはもともと完全で絶対、しかも清澄《せいちょう》で無限である美についての瞑想《めいそう》に端を発しております。やがて東洋の神秘思想などと融合し、キリスト教思想に取り込まれました。そして人間の外貌《がいぼう》は内面の精神の美しさを映《うつ》しており、それは取りも直さず神の絶対・無限の美の反映であると言う考え方につながりました。従ってプラトニック・ラヴでは男性は女性の外貌が内面の美しさを映していると信ずる限り、女性の外貌の美しさを賛美し、献身を誓います。美しい女性に対するこの様な憧憬《しょうけい》が多くの抒情詩を生み、美しい女性を称え崇《あが》めて、貴婦人に愛を捧げる中世騎士の姿を増幅《ぞうふく》している様に思います。つまり、よく耳にする西欧での婦人優位社会というものは、宮廷風恋愛やプラトニック・ラヴから連想される奇麗《きれい》な絵ではありますが、どうも現実から離れている様に思えるのであります。現実の社会では西欧でも男性優位の社会である事に変わりはありません。洋の東西を問わず、女性は家庭で男性は外での勤労体系が固定化した為に、世の中の基準というものが男性中心に決められて、女性にとっては多くの不都合、不幸な結果を生む事になりました。

女権の振興は女性の為ばかりではない

福翁は女子の不都合な扱いを是正《ぜせい》しなければ一家の幸せも社会の繁栄も望めないのに、敢えてこの非を断ずる者が居ないのは大きな誤りであると早くより主張しております。「故に余輩《よはい》は女権を言わずして寧《むし》ろ女情《じょじょう》の重きを論ずる者なり。否《い》なその女情を重んずるは直接に女権振《じょけんしん》興《こう》の根本として特に之を主張する者なり」。世の男性は福翁に倣《なら》い、父権社会で定着した女性の不都合な境遇に思いを馳《は》せ、女性の心を汲《く》んで声を大にして、女権の振興に力を貸す必要があります。そして女権の振興は女性の為ばかりではないのです。今日の世情では、世の男性がすべて丸抱《まるがか》えで家庭をもつ力があるとは限りません。その様な男性達は男性優位の古い考え方の名残《なごり》から、意気地がないと絶えずプレッシャーを掛けられている事も多いのです。今日では男性も女性も同じレヴェルの立場で協力し合う必要に迫られている訳です。福翁の時代と異なり、社会に進出する女性も多くなり、男女が自由に仕事を選び共に働く事も出来る世に少しずつ変貌している今日です。家庭の外での仕事は勿論、苦痛を伴う家事育児などの仕事でも夫婦互いに協力し合う必要があります。「結婚には栄光、家事には苦痛」と云う諺の心を体《たい》すべきであります。二一世紀超高速の目まぐるしい社会で幸せな家庭を夢見る夫婦には少なくともこれだけの心構えが必要でしょう。

結婚か独身か

まず福翁の言葉を聞いてみましょう、「元来人の我侭《わがまま》の一方より云えば、独身ほど気楽なるはなし。あらゆる快楽は独り之を専らにして、苦痛あれば自業自得《じごうじとく》と観念するのみ。起居眠食、出入進退、すべて勝手次第にして、傍《かたわ》らに遠慮するものとてはなく、恰も唯我独尊《ゆいがどくそん》の境界《きょうかい》なれども、既に結婚して人の妻となり人の夫となるときは、即日より独身の気楽は断絶して、寝る互いに斟酌《しんしゃく》も起きるも、出るも入るも、思うがままに自由ならず、食事の時刻その品さえも、互いに斟酌して遠慮する所なきを得ず」つまり結婚して夫婦が協力して暮らす為には独身時代の自由を犠牲にして互いに思いやりを持たなければないと言っているのです。この様に結婚には当然の義務と束縛が課せられる訳ですから、余り気軽にまた気侭《きまま》に結婚に踏み切る訳には行きません。沙王劇『お気に召すまま』で道化のタッチストゥンが「牛には軛《くびき》、馬には手綱、鷹には鈴、人間には情欲がつきもので、鳩が嘴《くちばし》をつつき合うように夫婦もいちゃつき合うのさ」とばかり、素朴で初心《うぶ》な山羊飼い娘と誠に気軽に婚約を取り交わしますが、この様な態度は感心できません。ここに結婚にまつわる幾つかの金言或いは諺を挙げてみましょう。

結婚は終りなき世の契《ちぎ》り　　結婚は鉄の足かせ
結婚した者は脱《ぬ》け出したがり独り者は結婚したがる
人の心は恋愛で有頂天へ飛び上がり、結婚でどん底へ落ちる
結婚とは籤引《くじび》きで男は自由を懸け、女は幸せを懸ける

男と女の籤引きと言えば、先ほどの沙翁劇に面白い場面があります。変装して身分を隠《かく》し、真実恋する青年の心を試《ため》しているのです。

ロザリンド　では彼女を手に入れたならいつまで離さないつもりなの？

オーランドゥ　限り無いその一日まで。
ロザリンド　「限り無いその」を取って、「一日」と言うんでしょう。……男は女に言い寄る時には四月だけど、結婚してしまえば十二月、乙女も乙女で居れば五月だけど、人妻になれば空模様は変わってしまうものよ。私は大変な焼餅焼き、……雨が降ると言っては大騒ぎするし、類人猿より新しがりや、猿より浮気で多情なの、そして噴水のダイアナ像の様に何でもないのに泣きます、しかもあなたが陽気になりかけた時に泣くのです。そしてあなたが眠りかけた時にはハイエナの様に笑いますのよ。……
オーランドゥ　だけど僕のロザリンドはそんな事をするだろうか？……
ロザリンド　しなければそれだけの知恵もないってことよ。
オーランドゥ　その様な細君の知恵は無茶苦茶だね……
それでは独身で居るのが良いかと言えば又別の角度から見て次ぎのような格言があります。
　結婚には多くの苦痛が伴うが、さりとて独身には楽しみがない。
福翁も同様な趣旨を述べております。

薔薇は手折られてこそ

独身貴族という言葉がひと頃流行《はや》りました。独身サラリーマンが好きな様に優雅な生活を送っている様子を茶化し気味に言った言葉です。同じ様なコンテクストで修道院で清らかな祈りの生活を送る尼僧《にそう》の姿を「独身の祝福」と言っておりますが、この言葉の起源となったと考えられている場面が沙翁劇『真夏の夜の夢』の冒頭にあります。ハーミアと言う乙女が父親の許していない若者に恋をして、この青年との結婚が許されなければ生涯独り身で過しますと誓うのです。この様な場合アテネの法律では公爵の裁決を仰ぐことになっておりました。父親の意志に背《そむ》いて結婚すれば死罪になるか、俗世を離れて尼僧《にそう》になるかの裁決がくだされる訳です。

公爵　それ故、ハーミア、女としての性《さが》を問いただし、自分の若さ、情熱のほどを知り、敢えて父上の意に反した後に、果たして来る日も来る日も尼僧の衣に身を包み、薄暗《うすぐら》い尼寺に篭《こも》って空しい独り身を貫き、か細い声で賛美歌を歌いながら冷たい不毛の月に生涯を捧げて生きていけるかどうか、よくよく問うて見るが良い。熱い恋慕の情を抑《おさ》え、清らな生娘《きむすめ》として生涯を信仰に捧げて生きられる女はこの上もなく幸せであろう。だが薔薇は、独身の祝福に浴して汚れなく茨にさがったまま育ち生きて死んでしまうよりも、手折《たお》られてその香りを抽出され人に喜ばれてこそ俗世の幸せがあるというものだ。

ハーミア　公爵さま、私は仰せの様に育ち生き死んで行きとうございます。心からお慕い出来ない方の軛《くびき》のもとにおかれて乙女の貞節を捧げるよりそのほうが良いのです。

ハーミアの様な考え方に対して「愛情とは結婚してから芽生え甘く熟する果実なのだ」というモリエールの言葉を挟《はさ》んだら、折角の純愛に水をさす事になるでしょうか。

沙翁は更にソネット詩集のなかでも、W・H・と記した謎の友人に対して、美しい薔薇の命は短いのだからそれが死に絶えない様に、結婚して子孫を残すようにと勧めております。

ソネット（1）

われらは美しい人の子孫を残したがる
美しい薔薇がそうして死に絶えないように
時が来て老いた者が死んだ後にも
跡を継ぐなよやかな子が親の面影を残すから
・……

君はいま世界を鮮やかに飾っている
ただ一人まばゆい春に先駆《さきが》けてだ、なのに
自分だけでその美しい宝を独り占めとは
なよやかな守銭奴、物惜しみしながらの浪費だ。

ソネット（5）

・……

休むことなく時は過ぎ夏は移り
おぞましい冬の破滅がやって来る
樹液は霜に滞《とどこお》り緑滴《みどりしたた》る葉は枯れて
美は雪に蔽《おお》われ辺りはただ荒涼
夏に蒸留《じょうりゅう》されガラスの瓶に閉じ込められた
薔薇のエキスがないならば
美によって生まれる美は奪われて
その面影は跡形《あとかた》もなく消え失せる
　だが花のエキスが蒸留され残るなら冬が来ても

本体は芳《かぐわ》しく生き、消え失せるのは外見《そとみ》だけだ

色香は移ろい易い

沙翁の恋愛劇、『十二夜』では婦人の色香は花の様に失せ易いので、男は自分よりも若い妻を娶《めと》るのが良いなどと、何気なく日常の話題に触れております。これは年上の妻を娶った沙翁の述懐として意味深《いみしん》であるというような穿《うが》った解釈をする向きもありますが、沙翁劇特有の捻《ひね》った面白さと考えた方が良いでしょう。場面はアドリア海を挟《はさ》んでイタリアに相対するイリリア公国、この公国の海岸に双子の兄妹が難破船から九死に一生を得て、それぞれ別の地点に漂着します。二人は互いに生きて何時の日か相見《あいまみ》えたいものと願いながら、同じ町に住み着きます。妹のヴァイオラは救出してくれた船長の計らいで、男装してオーシーノゥ公爵に小姓として仕える事になります。ところがこの男装のヴァイオラが公爵に思いを寄せてしまいます。公爵お気に入りの男装の小姓となったのですから、どんなに公爵様に恋い焦がれても思いは遂げられません。公爵様と二人っきりになると思いっきり恋慕の情を仄《ほの》めかすのですが、公爵に

は一向に通じません。古くからの仕来《しきた》りをかなぐり捨て、うら若い女性の方から年上の男性に言い寄るというのですから、二重の捻《ひね》りが利《き》いている訳です。

公爵　うまいことを言う。若いながらも、お前はきっと思う人に目を奪われたことがあるに違いない。

ヴァイオラ　少しばかり、あなた様のおかげです。

公爵　どんな女かね。

ヴァイオラ　あなた様のような面立《おもだ》ちの。

公爵　それなら、お前には価しないぞ。いくつだ。

ヴァイオラ　あなた様ぐらいです。

公爵　ほう、それは年上すぎる。女はいつも年上の夫をもつのがよい。そうすれば女は夫とうまくおり合い、いつまでも夫のお気に入りでいられるのだ。それというのも、われわれ男というものは、どれほど自慢してみたところで、女よりも浮気できまぐれ、目移りがはげしく、惚れたと思うとすぐに飽きてしまうのだ。

ヴァイオラ　そのようでございます。

公爵　だからお前の恋人も年下がよい、さもないとお前の愛情も長続きしないぞ。女は薔薇の花だ。美しい花はひとたび開いたかと思うと途端に散ってしまう。

ヴァイオラ　まったくその通りでございます。悲しいながら、まさしくそのようでございます。花の盛りとなるその時に散りゆくのです。

古来から美貌の婦人は春の花に譬えられ、才知に長《た》けて気立ての良い婦人は天の星と仰がれて来ました。美貌はやがて色褪《あ》せても、才知と優しい気立てがそれを補い枯れることはないというのでしょう。

理想の女性像

沙翁劇でも美貌の外に才知と気立てを加えて理想の女性像が求められて来ました。実際にはこれら三拍子揃った女性というのは、常に新鮮で、楽しく、人づき合いが良い、ということになります。ヴァイオラもその一人ですが、『冬物語』のパーディタについて語られたせりふが沙翁劇の理想の女性像と言えましょう。飽くまでも芝居の中の理想であります。現実の世界では理想の女性像ばかりでなく、理想の男性像を求める縁《よすが》ともなれば良いのだと思います。今日の若い人達が理想の異性像はと問われて、多くの若い男女が夫々「面白い人、一緒に居て飽きない人」と答えている事に一脈通じている様な気がします。そのせりふを引用してみましょう。君は何をしても、既にやった事の上に出る、君が喋《しゃべ》ると何時までも喋っていて欲しいと思う。君が歌えば、物を買うにも売るにも、施し物をするにも、お祈りをするにも、家事を指図《さしず》するにも、みな歌でやって貰いたくなる。君が踊れば、海の波になって貰いたくなる。何時までもひたすら踊り続けられるように。そして何時までもただ踊って、踊って、何もほかの事はしないで欲しいのだ。

使徒パウロの結婚のすすめ

新約聖書のなかで使徒パウロはコリントの人達に手紙を書き送っております。「わたしの様にして（独り身で）おれば良いのだが、節制して居れないのなら、結婚するのが良い。思い焦《こ》がれるよりは結婚する方が良いからだ」と（「コリント前書」七・八）。そして凡人の知恵から一言付け加えれば「老後に話し相手も無く、独りぼっちで生きて行けるか、それが問題」です。

若い頃から相睦《あいむつ》み何の秘め事も持たずに年を重ねた夫婦であれば、深い信頼の絆《きずな》に結ばれて阿吽《あうん》の呼吸で対話が出来るのですから、まさに人生の宝冠《ほうかん》を手にする事になります。良縁のもたらすまたと無い強みと言えましょう。之について参考になるお誂《あつら》え向きの一首があります。

むつごとを語りあはせむ人もがな憂き世の夢もなかば覚《さ》むやと（源氏物語・明石）現代語訳＝閨《ねや》の語らいの相手が欲しいものだ、そうすればこの辛い世の中の悩みも半ばは消えてしまうだろうと思っているよ。［夢＝悩み、煩悩／覚む＝物思いが晴れる、消える］

半苦半楽は良いこと

福翁も結婚すれば苦労の種も倍加するけれども、楽しみも倍加して余りがあると結んでおります。「独身より出《い》でて結婚するは、是《こ》れまで苦労の種の一つなりしものを二つにする姿にして双露盤《そろばん》の上には誠に割りに合わぬようなれども、左る代わりに結婚後の楽しみは独身の淋しき時よりも一倍して尚《な》お余りあれば、差し引きして勘定《かんじょう》の正しきものなり。然《し》かのみならず、一人の子を産めば一人だけの苦労を増すと共に歓びも亦《また》増し、二人、三人、次第に苦楽の種を多くして半苦半楽、詰《つま》る処は人生活動の区域を大にするものと云うべし」と。更に続けて、子供が「成年に達すれば独立すべし」と言い、結婚して新しい家庭をもつのが当然と考えていた様です。そして成人した子供が新しい家庭の新しい家族団欒《だんらん》を持った時に、結婚した事の良さが現れる事例を挙げております。「新家《しんや》の新団欒は旧家《きゆうか》の旧団欒を辞して新生活の辛苦を慰むるに足るべし。万里故郷を離れて海外に業を営み、又は未開の地に移住するが如き、畢竟《ひつきよう》新家の夫婦子女団欒の快楽あればなり。」少子化、家族崩壊、熟年離婚などがしばしば人の口にのぼる今日、色々な意味で子を持つ事や家族団欒の大切な事を現代人に改めて考えさせる言葉だと思います。このように様々に考えて来ますと、自分の幸せを懸けるのに果たして値するかと一応考慮したうえで、結婚に踏み切るのが凡人の普通の道ではないでしょうか。

プロポーズ

「男たち言い寄る時は下僕《しもべ》だが亭主になれば関白殿下」。これはイギリス近代詩の父と言われるG・チョーサーの『カンタベリィ物語』の一節を短歌もどきに翻案してみたものですが、ついでに日本の男達の口癖《くちぐせ》を川柳風に仕立てて見ますと「釣り上げた魚に餌《えさ》はやりませぬ」となります。男達の甘い言葉はどこの国でも余り当てにはならないと言うことでしょう。しかしプロポーズの言葉となると、やはり楽しい夢を持たせる必要があるでしょう。男も女もハーミアの様に心から慕うことの出来る人を望んでいるのは確かですから、理想としては互いに慕い思いやりの心を示すのが大切です。愛と信頼と相互理解を基本として互いに相手に尽くす心、下僕《しもべ》として端女《はしため》として仕える心構えが欲しいものです。この理想のプロポーズ場面が沙翁劇『あらし』に出現します。元ミラノ公爵であったプロスペロゥは魔術の研究に没頭して政治を蔑《ないがし》ろにしていた為に、公爵位を弟のアントゥニオに簒奪《さんだつ》されました。ナポリの王がこの簒奪事件に手を貸したのです。共謀者達はプロスペロゥと僅か二歳の幼い娘ミランダを小船に乗せて大海に漂流するまま、天運に任せたのです。プロスペロゥは幸いに無人の島に漂着し、苦難の一二年を娘と過しました。その間プロスペロゥは誠実な政治顧問のゴンザーロゥが密かに船荷の中に混入してくれた魔術書で研究を続けておりました。そして魔術の力で嵐を引き起こし、共謀者達の乗った船を島に引き寄せる時が到来したという訳です。プロスペロゥは、幻想も入り交《ま》じり様々に繰り広げられる事件を通して、共謀者達が島に居る間に心から改悛《かいしゅん》するのを見届け、それから許すという段取りをつけておりました。ナポリの王子ファーディナンドは丸太運びの労役を強いられておりますが、ミランダと相思相愛の仲になっております。従ってプロポーズは愛と信頼と相互理解の心を表すだけの実に簡素で清らかな場面の展開となっております。

ファーディナンド　ミランダ、わたしは身分を明かせば王子なのです、或いは（父である王はこの嵐で命を落としたかも知れないので）王と言うべきかも知れない――そうなりたくはないのだが！　それで、この丸太積みの奴隷仕事など、青蝿《あおばえ》に卵をこの口に産みつけられるのと同じほど我慢のならない仕事です。聞いて下さい、心の底から話す言葉を。わたしがあなたを一目見たその瞬間、お役に立とうと心はあなたの許に飛びました、いつまでもお傍《そば》に仕える奴隷でありたいのです、それであなたの為ならば、こうして辛抱強い丸太運び人ともなるのです。……

ミランダ　もし結婚して下さるなら私はあなたの妻となります、でなければあなたの侍女で生涯を終えるつもりです。あなたの伴侶となることがお許し頂けなくても、あなたの召使いなら何とおっしゃろうとなれる筈でしょう。

ファーディナンド　わたしの可愛い奥、有難う、この通りです。

ミランダ　では私の夫に？

ファーディナンド　勿論です、まるで囚《とら》われ人が自由を喜ぶような心をもって。では、お手を。

ミランダ　私の心も共に。

相生《あいおい》の松

季節が変われば着る物が変わる様に、人の心が移ろい易いのも世の常でありましょう。夫婦の愛情もやがてその形が変わることでしょうが、その愛情の本質には変わりがないと言う事でありたいものです。季節折々の衣服が健康の維持に大切である様に、夫婦仲良く相老《あいお》いるまで幸せに暮らせる為には、形を変えながらも中身の変わらない愛情を表現する事が大切でありま す。それでこそ相生《あいおい》の松に譬えられるのに相応《ふさわ》しい夫婦愛と言えるのだと思います。言ってみれば芭蕉の不易流行《ふえきりゅうこう》と言う俳諧語が当て嵌《はま》る様な夫婦愛が理想という事になりましょうか。ファーディナンドがそうであった様に、恋というものは一目見た瞬間に芽生える事が多いのですが、修道僧ロレンスがロミオを戒めた言葉の通り、若い情熱はいずれ燃え尽きるものです。激しい歓びは激しく亡びるものです。その勝ち誇るさなかに死に失せるのです。火と火薬のようで、口づけするや瞬間に燃え尽きるのです。飛び切り甘い蜂蜜がその甘さゆえに嫌《きら》われ、味見をしただけで食欲がなくなります。それ故ほどよく愛するのです。それが永い愛となるのです。

夫婦に上下はない

福翁は永い夫婦愛に結ばれて年を重ねると人情は和らぎ思いやりも深まると示唆《しさ》しております。夫婦が揃って相老いていると、嫁にも優しいと言うのです。「老夫必ずしも老婦を制するに非ざれども、その偕老《かいろう》の境遇は自ずから人情を和らげ、嫁に対しても思い遣り深きが故なり」。そして福翁のこの言葉の始まりの部分も大切であります。老夫が必ずしも老婦の上に立っては居ないというのは、福翁が父権制度には余りこだわっていない事を示しております。それどころか福翁は日本の家庭における夫人の権力は無限であるとさえ言っております。「念の為に一言せんに、日本婦人の男子に対して卑屈なりと言うはその形の上に於いて最も著しく見るべきなれども、内実の真面目《しんめんぼく》に至りては外面の如く甚《はなは》だしからざるのみか、時としては女権強大にして充分の勢力を逞《たくま》しゅうするものなきに非ず。……一家の母が子に臨《のぞ》むの権力殆《ほとん》ど無限にして、如何なる男子も母の意見には従わざるを得ず、逆《さか》らう者は不順の子として社会に容《い》れられざるを常とす。之を西洋諸国の習慣に比して我が女権に一種の特色あるを見るべし。或いは未だ家母《かぼ》たるに至らずして良人《おっと》に事《つか》うるその間にも、唯《ただ》外面の礼儀に於いて柔順卑屈の風を示すのみ。内実は自ら家事を左右して、主人必ずしも主権を専らにすること能《あた》わざるの情あり……女権論を論ずる人も……みだりに騒ぎ立つことを止め、……日本婦人固有の優美はそのまま大切に保存しながら、男子の方より之に接するの風を和らげ、男尊の尊を引き下げて自然に同等の形を装《よそお》い、人の目に触れて見苦しからぬ体裁《ていさい》を成さしむるの工夫肝要なるべし」。

福翁にとっては夫婦に上下の無い姿が当たり前で、夫々の持ち場に責任を持ち互いに助け合うのが理想の家庭と考えて居たのだと思います。

女子の本性《ほんしょう》が家庭の原点

福翁が殊の外優しい目を以て婦人を見ていた処に理想の家庭の原点が伺い知れます。福翁はこう記しております、「女子は生まれながらにして心優しく身体の挙動も荒々しからず、之を男子に比すれば幼稚の時より何事も控え目にして自《おの》ずから嬌羞《きょうしゅう》の情あり、先天の性質と云うべし。その長ずるに及んではこの性質いよいよ発生して、平生《へいぜい》の言行、一顰一笑《いっぴんいっしょう》の微に至るまでも、その発源を尋ねれば愛情の一点に生ぜざるはなし。……相手の男子たり女子たるを問わず、之に向《むかい》て一言一語、一挙一動も油断することなく、その身の醜美《しゅうび》、その家の貧富に拘《かかわ》らず、上は王公貴人、富豪深窓《しんそう》の淑女より、下は片田舎《かたいなか》の草刈る賎女《しずのめ》に至るまでも、愛嬌《あいきょう》一偏、羞《は》ずるが如く媚《こ》びるが如くして、人の意に逆らうことなきに勉《つとむ》るは、是《こ》れぞ女性《にょしょう》の本領にして、その注意の緻密なるは、武士の武辺《ぶへん》に於けるが如しと云うよりも更に一層深きものあり」福翁は女性の優しい本性《ほんしょう》をいじらしく思いながら、まるで脆《もろ》い器を大切に扱うような態度で女性を見ていたのだと思います。そして体力に勝る男子が、か弱い女子を力で制するなどもっての外と考えておりました。男子が鋼《はがね》のように堅い器《うつわ》で女子がガラスのように脆い器であるならば、両者が対等に張り合うなど無意味であります。新約聖書でも夫は妻を弱い器として優しく気遣いながら暮らすようにと勧められております（「ペテロ前書」三・七）。これが夫婦仲良く、永く穏やかな生活を送る為に一番大切な鍵であると思います。福翁は外に夫婦の間に秘め事を持たず家族に男女の差別をつけない、子供に多くを期待しない、期待させない、と云った事などを示唆しております。

夫婦は互いに褒めあうがよい

更に俗諺《ぞくげん》のなかに知恵を求めれば、先ず夫婦が積極的に係わって欲しい格言があります。「人は絶えず褒め称えられ拍車をかけられなければ、称賛に価する事業はなかなか成し遂げられないものだ」であります。称賛に値しない事を褒められれば皮肉に聞こえるし、品格疑わしい人に褒められても迷惑でしょうが、敬愛する人に称賛されれば誰でも気力が増進して一層精進するものです。夫婦の仲では特にそうであります。沙翁劇『冬物語』でシチリア王の竹馬の友、ボヘミア王がシチリア宮廷に招待されて楽しい長期逗留《とうりゅう》の後、いよいよ帰国の挨拶を交わすのですが、シチリア王は更に逗留の延期を望んで色々と勧めますが、なかなか受け容れてもらえません。そこで王妃の出番となります。王妃の言葉が首尾よく効を奏し、ボヘミア王は帰国を一週間延期する事になります。シチリア王は王妃の言葉上手を褒めますが、巧みに応答する王妃の言葉は夫婦にとってなかなか参考になります。

王　わたしの頼みは聞こうとしなかったが。ねえ君、君の言葉がこんなに効き目があったのは初めてだ。

王妃　初めて？

王　うん、一度だけを除けば初めてだな。

王妃　あら、わたくし二度も効き目があるお話をしましたの？　一度目は何時の事？　教えて！　夫人なら誰でもお褒めの言葉を詰め込んで欲しいの。食肉用の家畜の様にふっくらとね。良い行いを一つしても、お褒め頂かなければ、後に続くはずの何千もの良い行いは生まれ出ないのよ。わたし達はお褒めの言葉で報われますのよ。拍車を入れてゴールまでほんの短距離だけ疾走させられるよりも、優しい口付け一つでその何千倍も永く走れるのよ。……

夫婦は互いに演技するがよい

芝居の演技には外見《そとみ》の形から入るものと、心から入るものとがあります。人生は芝居と言われますから夫婦の暮らしにも芝居の演技が役に立つはずです。著名な歌舞伎役者の芸談を集めたものでよく知られているのが『役者論語《やくしゃばなし》』ですが、例えばその中の一つ「あやめぐさ」には「平生ををなごにて暮さねば、上手《じょうず》の女形とはいはれがたし」とあります。平生の仕種《しぐさ》も女としての起居振舞いに徹してこそ女方が上手に演じられ、心も女に成りきれる、感情移入が出来るという訳です。同様に夫婦の間でも荒々しい仕種を慎み、言葉遣いにも思いやりを示し、互いに優しい言葉を口にしながら過していれば、本性《ほんしょう》までその様に変わるということです。他方西洋近代劇は実際の日常生活をありのままに演じるというスタニスラフスキーの演技論を以って頂点に達したと考えられております。実生活をありのままに演じるためには、先ず心から入る事が優先されます。日本の演技論でも『役者論語』の中に坂田藤十郎の芸談「耳塵集《にじんしゅう》」がありますが、その一節に役づくりにはまず心を入れる、感情を移入する事が出来れば、その心が自然に表情や動作に形となって現れるとあります。「身ぶりはこころのあまりにして、よろこびいかるときはおのづからその心身にあらはるる」のです。まず心を入れて夫婦が互いに相手を世の中で一番いとしい人と思い込む事で、その本心が外に現れて夫婦の理想の姿が出来上がるという訳です。

人生風刺の心

もう一つ面白い俗諺《ぞくげん》があります。「良人《おっと》が耳遠く、妻女《さいじょ》が目近ければ家庭は円満」と云うのです、実にウィットに富んだ言葉だと思います。良人は余り細かい事を耳に入れず、妻女は余り細かい事に目を向けない方がお互いに粗《あら》が見えず穏やかに暮らす事が出来るというのでしょう。それでも嫌《いや》なことを耳にはさみ、醜《みにく》い物を目にしてしまったらどうしましょう。人間なら誰でも陥り易い、愚かで行き過ぎて調子のはずれた有様と、風刺《ふうし》して笑う外ないでしょう。人生は意味も無い阿呆《あほう》の話にすぎないと、笑って見過ごすのです。折から沙翁劇『マクベス』の声が聞こえて来るようです。

人生とはただの歩く影、哀れな役者でしかない。ただ舞台の上の時間だけ、見得《みえ》をきったり、暴れたり、それから後は噂《うわさ》もされず、阿呆の喋《しゃべ》る話のように、騒がしくたけだけしいが、意味は何もありはせぬ。

事実はまるで芝居のよう

「事実は小説よりも奇なり」というバイロンの言葉は広く世に知られておりますが、事実がまるで芝居の体《てい》を現す事がしばしば起こります。福翁もその様な体験を語っております。福翁自身の直截《ちょくせつ》簡明な文体を差し置いてその抱腹絶倒の面白味を伝えることは先ず不可能と考えます。原文のまま紹介しましょう。

文久三、四年の頃、江戸深川六軒掘に藤沢志摩守《ふじさわしまのかみ》と云う旗本がある。是は時の陸軍の将官を勤め、極《ごく》の西洋家で、或る日その人の家に集会を催し、客は小出播摩守《こいではりまのかみ》、成島柳北《なるしまりゅうほく》を始め、その外皆むかしの大家と唱うる蘭学医者、私とも合して七、八名でした。その時の一体の事情を申せば、前に申した通り、私は十二、三年間、夜分外出しないと云う時分で、最も自ら警《いまし》めて、内々《ないない》刀にも心を用い、能《よ》く研《と》がせて斬れるようにして居ます。敢えて之を頼みにするではないけれども、集会の話が面白く、ツイツイ怖い事を忘れて思わず夜を更《ふ》かして、十二時にもなった所で、座中みな気が付いて、サア帰りが怖い。疵《きず》持つ身と云う訳ではないが、いずれも洋学臭い連中だから皆怖がって、「大分晩《おそ》うなったが如何《どう》だろうと云うと、主人が気を利《き》かして屋根舟を用意し、七、八人の客を乗せて、六軒掘の川岸《かし》から市中の川、即ち掘《ほり》割《わり》を通り、行く行く成島は柳橋から上がり、それから近いもの近いものと段々に上げて、仕《し》舞《まい》に戸塚と云う老医と私と二人になり、新橋の川岸に着いて、戸塚は麻布に帰り私は新銭座に帰らねばならぬ。新橋から新銭座まで凡そ十丁もある。時刻はハヤ一時過ぎ、然《し》かもその夜は寒い晩で、冬の月が誠に能《よ》く照らして何となく物凄い。新橋の川岸へ上がって大通りを通り、自《おのず》から新銭座の方へ行くのだから、此方側《こっちがわ》即ち大通り東側の方を通って四辺を見れば人は唯の一人も居ない。その頃は浪人者が徘徊して、其処《そこ》にも此処《ここ》にも毎夜のように辻斬《つじぎり》とて容易に人を斬ることがあって、物騒とも何とも云うに云われぬ、夫れから袴《はかま》の股立《ももひき》を取って進退に都合の好《い》いように趣向して、颯々《さっさ》と歩いて行くと丁度源助町《げんすけちょう》の央《なかば》あたりと思う、向から一人やって来るその男は大層大きく見えた。実は如何《どう》だか知らぬが、大男に見えた。「ソリや来た、どうもこれは逃げた所が追っ付けない。今ならば巡査が居るとか人の家に駆け込むとか云うこともあるが、如何《どう》して如何して騒々しい時だから不意に人の家に入られるものでない、却って戸を閉て仕舞《たつしまつ》て、出て加勢しようなんと云うもののないのは分り切ってる。「コリャ困った、今から引き返すと却って引身《ひけみ》になって追い駆けられて後ろから遣《や》られる、寧《いつ》そ大胆に此方から進むに若《し》かず、進むからには臆病な風を見せると付け上がるから、衝当《つきあた》るように遣ろうと決心して、今まで私は往来の左の方を通っていたのを、斯《こ》う斜《ななめ》に道の真ん中へ出掛けると彼方《あっち》の奴も斜《ななめ》に出て来た。コリャ大変だと思ったが、最《も》う寸歩《すんぷ》も後に引かれぬ。いよいよとなれば兼ねて少し居合いの心得もあるから、如何《どう》して呉れようか、これは一ツ下から刎《は》ねて遣《や》りましょうと云う考えで、一生懸命、イザと云えば真実《ほんとう》に遣る所存《つもり》で行くと、先方もノソノソ遣《や》って来る。私は実に人を斬ると云うことは大嫌い、見るのも嫌いだ、けれども逃げれば斬られる、仕方がない。愈《いよい》よ先方が抜掛《ぬきかか》れば背に腹は換えられぬ、此方《こっち》も抜いて先を取らねばならん、その頃は裁判もなければ警察もない、人を斬ったからと云って咎《とが》められもせぬ、只《ただ》その場を逃げさえすれば宜しいと覚悟して、段々行くと一歩々々《ひとあしひとあし》近くなって、到頭《とうとう》すれ違いになった、所が先方《あっち》の奴も抜かん、此方《こっち》は勿論抜かん、所で擦違《すれちが》ったから、それを拍子に私はドンドン逃げた。どの位足が早かったか覚えはない、五、六間先へ行って振り返って見ると、その男もドンドン逃げて行く。如何《どう》も何とも云われぬ、実に怖かったが、双方逃げた跡で、先ずホッと呼吸《いき》をついて安心して可笑《おか》しかった。双方共に臆病者と臆病者との出逢い、拵《こしら》えた芝居のようで、先方の奴の心中も推察ができる。コンな可笑《おか》しい芝居はない。初めから此方は斬る気はない、唯逃げては不味《まず》い、屹《きっ》と殺《や》られると思ったから進んだ所が、先方も中々心得て居る、内心怖々《こわごわ》表面颯々《さっさ》と出て来て、丁度抜きさえすれば切っ先の届く位すれすれになった処で、身を翻《ひるがえ》して逃げ出したのは誠にエライ。こんな処で殺されるのは真実の犬死だから、此方も怖かったが、彼方《あっち》もさぞさぞ怖かったと思う。今その人は何処に居るやら、三十何年前若い男だから、まだ生きて居られる年だが、生きて居るなら逢うて見たい。その時の怖さ加減を互いに話したら面白い事でしょう。

福翁の体験したこの様な臆病者と臆病者の鞘当《さやあて》の話が、沙翁劇『十二夜』の中では人違いの筋《すじ》まで織り込まれて、一層複雑に面白く芝居を盛り上げております。本当に人生はまるで「拵《こしら》えた芝居のよう」であります。茲《ここ》に於いて沙翁劇『お気に召すまま』の名せりふが記憶に甦《よみがえ》り、人生の壺《つぼ》を如何にもよく押さえているものと改めて感心するばかりです。

世界は丸ごとひとつの舞台、

瞭然《りようぜん》たるは男も女もこれみな役者、

それぞれが登場してはやがて退場、

その間《かん》、人間ひとりが演ずる役柄は様々、
年齢により七つの幕に分けられる。まずは
赤ん坊、乳母の腕《かいな》で泣いたりもどしたり、
次は泣き虫小学生、鞄《かばん》を肩に朝日を顔に、
いやいやながらの登校は、のろのろ歩きの
カタツムリ、それから次は恋する者、
溜息《ためいき》ついて鞴《ふいご》のよう、哀れっぽくもことさらに、
女振《おんなぶ》りを褒め称《そや》す。次に出てくる軍人は、
奇抜な誓いを胸に詰め、豹のように髭《ひげ》はやし、
名誉欲では無二無三《むにむさん》、滅多矢鱈《めったやたら》に喧嘩っ早く、
砲門をさえ恐れずに、あぶくのような功名を、
立てたいばかりに突っ走る。
これに続くは裁判官、うまい鶏肉食い馴れて、
太鼓腹できびしい目付き、格式張った髭をつけ、
尤もらしい格言と、ありふれた判例を、

うまく熟《こな》して演じ切る。さて第六幕への登場は、
痩《や》せっこけてスリッパはいた道化じじい
鼻に眼鏡で腰には巾着《きんちゃく》、
若い時分の長靴下は、大事にしまっておいてはみたが、
痩《こ》けた脛《すね》には大きすぎ、男盛《おとこざか》りの大きな声は、
子供の声に逆戻り、笛ふくように
かん高い。そして最後の大詰めは、
奇想天外、波乱の一生しめくくる、
とどのつまりは第二の赤子とまったくの忘却、
歯もなく、目もなく、味もなく、なにひとつない。

人生は夢

人生とは何でしょう。昔から様々に考えられ言われて来ました。人生は芝居であると云うの

もその一つであります。ここでは実際の日常生活に照らして、また別の視点から考えてみましょう。人間は誰でも日常茶飯事に愚かな事を仕出かすものです。これについては先程述べた様に風刺の心を以って笑って見過ごすのが一番でしょう。また人間は何をどうやってもうまく行かない、失敗ばかりする事があります。この様なとき多くの人は悲観的になります。何をやっても無駄である、人生は所詮《しょせん》実現する事が出来ない夢の様なもの、春の夜の夢のように儚《はかな》いものと諦《あきら》めるしかありません。どうせ儚い夢であるなら、その人生を何か冒険に賭《か》けてみようと思う時、実現出来ない「儚い夢」が、未来に一条の光を掲《かか》げる「理想の夢」へと変わります。織田信長は桶狭間の戦いに挑《いど》む時、今川の大軍を前に「人間五十年、下天《げてん》の内をくらぶれば、夢幻《ゆめまぼろし》のごとくなり。一度生を得て滅せぬ者のあるべきか」と高らかに詠じたと言われております。信長の心は儚い夢から理想の夢へと動いていたのだと思います。

人生は一場《いちじょう》の戯れ

福翁は宇宙の広大無辺、無量無辺《むりょうむへん》、無始無終《むしむしゅう》、到底人智《とうていじんち》では測《はか》り知れないその有様、そしてこれを誤り無く緻密微細《ちみつびさい》に支配する規則に感嘆し、これを天の業《わざ》、天工《てんこう》と呼んでおります。更に之を思えば思うほど人智の薄弱な事を思い知らされるばかりで、「人間の如き、無知無力、見る影もなき蛆虫《うじむし》同様の小動物」であると記しております。そして「人生は本来戯《たわむ》れと知りながら、この一場《いちじょう》の戯れを戯れとせず」に、毎日を自分の為、子孫の為、親兄弟、親戚朋友の為、更に広く天下公衆の為に、真面目に勤める事こそ、蛆虫の本分であると諭《さと》しております。「されば初めには人生を戯れと称して死もまた驚くに足らずと云いながら、渡世《とせい》の法に至れば生を愛し死を悪《にく》み辛苦《しんく》経営して快楽を求めよと勧《すす》む、前後不都合なるに似たれども、元来人間の心は広大無辺にして、能《よ》く理屈の外に悠然《ゆうぜん》たるを得《う》べきものなり」と続け、人の心は二様に分かれる様であるが、一心二様の働きをしてこそ人の心は広大無辺と言えるのだと結んでおります。

夢をどう生きるか

福翁流に、夢をどう生きるべきかについて考えてみましょう。「儚い夢」から「理想の夢」へ心を移すと云うのは一心二様の働きをする心に外なりません。一方で人生をたかだか儚い夢と承知すれば万事に動揺せずに済みます。そこで他方では儚い人生と承知すればこその大胆さを以って、本気で精一杯に勤めて自分の為、社会の為に尽くす事が出来ると云うことになります。夢のように半ば無意識に漫然《まんぜん》と生きていた状態から脱け出して、人間社会に生きる自分の役割を発見し、それに深く係《かか》わります。それがどんなに無意味に、どんなに小さく思えても、身近にある目標を毎日ひとつ取り上げて成し遂げていけば、やがてモザイク風に必ず一つの絵が完成します。こうして人は生きることの意味を実感し、人間社会の統合に貢献出来る喜びに満たされます。フランス人の哲学者で作家でもあるサルトルが説いた現代実存主義の要諦《ようてい》も、平たく言えばこの様にして人間がこの世に存在する理由と意義を得心《とくしん》する事にあるのだと言えましょう。生きるとはこの世に在る自分の絶望的な状況に目覚めて、自分と社会に対する責任を自覚し、行動に移ることから始まる訳です。これが出来なければ、何ら生きる意味を見出すこともなく、ただ不安と恐怖に怯えながら絶望の渕に沈んだままに生きるしかないのでありす。

沙翁劇『あらし』のせりふも、人の一生は「儚い夢」が跡形《あとかた》も無く消えて、「理想の夢」にまどろみながら深い安らかな眠りに入って終る事を示唆《しさ》していると考えたいものです。

われわれ人間は夢と同じ成分でできている、

そして細《ささ》やかなわれらの一生は眠りで完成する

夢にはしばしば全く予期しない幸運な発見があります。人の一生にも思いも寄らない幸運な掘り出し物が見付かるはずと思う時、未来は明るく開けることが多いものです。

独身の選択肢

今日、所謂適齢期を迎えながら結婚したがらない、或いは様々の理由で結婚できない男女が増えていると聞いております。多くの女性が社会に進出して男性と肩を並べて自由に仕事が出来るようになった為に、従来のように結婚だけが女性にとっての幸福への道という考え方が崩れて来たのも一つの原因かも知れません。加えて社会の構成も様々な形をとる家庭から成り立つ様になりました。こうした事情が、社会や経済の厳《きび》しい情況と相俟《あいま》って少子化、人口減少へと繋《つな》がっております。憂慮すべき現象ではありますが、さりとて独身を選ぶ権利を否定するわけにもいきません。マイナス現象をマイナスに、悲観的にばかり捉《とら》えても仕方がありません。ここはやはり福翁の云う一心二様の働きをする心で考えなければなりません。

少子化社会となれば国の労働力・生産力の低下、保険・福祉制度の崩壊等と、直ぐに当面の差し迫ったマイナス事項が挙げられます。国の安定した方針での移民の受け入れや、女性の社会進出を一層容易にしたり、健康な高齢者が生涯働ける様な環境作り、或いはロボット開発等、様々な方策を立てて労働力・生産力の補充などを考えなければならないでしょう。しかし今までの過剰人口の為に悩まされて来たマイナス事項が少しでも改善されれば、また新しい展望が開けると思います。例えば乗り物や街中《まちなか》の異常な混雑、食糧や物資の低い自給力、住宅不足や激化した競争社会・男女雇用差別等が円滑に解消出来る様な方策も取り易くなるでしょう。ほぼ三十七万八千平方キロメートル程の狭い国土の四分の三は山地で、約一億二千六百九十万人が大都市に集中して住んでいると言う日本の現状を考えれば、人口減少はそれ程憂慮すべき問題ではないと唱える人さえおります。未だ国の人口減少がそれ程問題にされなかったひと昔前、独身者が職場で白い目で見られる事もありました。今日ではその様なことは少なくなりましたが、独身のライフスタイルを選択する人達が社会の強力な支柱として貢献出来る環境作りは、今日でも未だ見落としてはならない項目であります。「国の生垣《いけがき》を造るのに独身者は最も強い支柱となり、夫婦者は最良の繋《つな》ぎの縄となる」と言われています。

独身のライフスタイル

これまでに挙げて来た結婚に纏《まつ》わる沙翁劇や福翁の言葉、或いは様々な俗諺《ぞくげん》について、一心二様の心で考えてみれば独り身の自由な気楽さ、楽しみというものは自ずと見えてきます。問題はその自由を如何に効率良く運用するかに掛かっております。独身者にとって、まず克服しなければならないのは、孤独の淋しさではないでしょうか。沙翁劇『お気に召すまま』で宮廷道化のタッチストゥンは羊飼いの暮らしぶりについて尋ねられると、「孤独なのはとてもいいが、淋しいのはとてもいやだ」と答えております。味のある言葉だと思います。人の中に居れば自分の考えに集中出来ないことが多いのですが、孤独になれば自分だけの思索に心をいれ、想像を膨《ふく》らまし、楽しい深い思いに耽《ふけ》る事が出来ます。孤独が自分の隠《かく》れた才能を引き出し育ててくれる事も多いのです。沙翁と同じ頃ロンドンで活躍し、人類最大の賢人と言われ、哲学者であり法学者であり、政治家・文人でもあったF・ベーコンの言葉にも示されております。

最高の作品、社会の為に最も価値ある物の多くは独身者の手に成っている必ずしも世間の人に高く評価される様な作品を産み出す必要はありません。ベーコンの言葉は励ましのスパイスぐらいに受けとめ、自分だけで心を入れて、自由に楽しめる趣味の様なものであって良いわけです。瓢箪《ひょうたん》から駒《こま》が出るかも知れません。とに角そうする事で孤独を最良の友として暮らす事が出来るのです。家庭では孤独を親しい友とし、社会では多くの親しい仲間を持つというのが、独身暮らしの決め手となりましょう。人間にとって、深い思索には孤独が、正常な人格の育成と維持には仲間との交流が、どうしても欠くことが出来ないからです。積極的に動かなければ、孤独は淋しいものになり、嫌なものとなります。

自制の心

気楽な自由を手にしていると言う事で、独身者は良くも悪くも常に様々な誘惑に曝《さら》されております。言い換えれば絶えず現状を自覚し自制しなければならないのです。実生活での誘惑は言うに及びませんが、精神的な面でも淋しい孤独に慣れてしまうと落ち込んだり、或いはその反動として自惚《うぬぼ》れに取り付かれたりで、疑心暗鬼《ぎしんあんき》に陥る事があります。孤独は仲間や大自然との交流によって臨機応変に軌道修正《きどうしゅうせい》されることが望ましいのです。なかでも大自然のなか、森林に包まれ田園に身をおけば、小鳥の囀《さえず》りや虫の声に気分は癒され、頭脳は爽《さわ》やかに体は活気に満ちてきます。それればかりか大自然は何時でも惜しみなく必要な物を補給してくれます。沙翁劇『お気に召すまま』で、宮廷を追われて大自然の森の中で暮らした老公爵の言葉を聞いてみましょう。

ところで、流浪の日々を共にする兄弟たち、
わたしは思うのだが、ここの生活も慣れてみると
栄華と虚飾に満ちた生活よりも、
ずっと増しではないだろうか?
罠《わな》は宮廷に多く、この森のほうが危険が少なく
安全ではないだろうか?……
そして俗世を離れたここでのわれわれの生活は
樹木に言葉を聞き、せせらぎの音に書物を見出し、
小石に垂訓《すいくん》を察知《さっち》し、あらゆるものに善を認める。
わたしはこの生活を変えようとは思わない。

森や田園の大自然の中に知恵の宝庫があり、自然の法則の命ずるがままに生きて、あらゆるものから大切な教えを引き出し、役立てようと言うのであります。人生の苦楽を深く考え味わうというのでしょうか。それが価値ある人生を送る事に繋《つな》がるからです。この様な思いを現実の生活で実践した文人の自然観察者がアメリカにおりました。福翁よりも十七歳程年上ながら、ほぼ同じ時代に生きたH・D・ソロー（一八一七―六二）であります。ソローは一八四五年の夏から四七年の秋にかけての二年二ヶ月程の間、生誕地のコンコードに近いマサチュウセッツ北東部、ウォールデンの池畔《ちはん》に小屋を掛け、生きる事の意義を見出そうと森の中での自給自足の簡素な生活を実践したのです。その体験から生まれた著書、『ウォールデン、森の生活』（一八五四）は自然への回帰、或いは環境問題の視点から今日多くの人々の注目を浴びております。

夫婦の倦怠感

十九世紀末に、アメリカの週刊誌『ライフ』に載《の》った風刺画がもとで流行ったと言われる面白いボードビル（バラエティ）の一齣《こま》があります。独身者と恐妻家の対話なのですが、家では孤独を友としながら、外では親しい仲間や大自然と手を組んで素晴らしい生活をしている独身者を羨《うらや》んで、恐妻家が機知を利《き》かせて捩《もじ》っていると考えてみましょう。物憂《ものう》い事もなく、時の経つのも忘れてしまいそうな独り身の生活が浮き彫《ぼ》りになります。

「ねえ君、結婚した方が独身でいるより長生き出来るって言うけど、どうしてか知ってるかい？」

「結婚したから長生きしてるって訳じゃないね。夫婦者は人生長過ぎるって思ってるだけだよ。」

これを唯の笑い話と見過ごせない資料があるのですから困ったものです。民間の調査機関が東京、愛知、大阪の都府県に住む一三一二人の三〇代～四〇代の夫婦者から得たアンケート結果です。それによると男性の七〇パーセント、女性の八三パーセントは家庭でも極度に疲労感があり、その原因が連れ合いの為だというのが、男性で六六パーセント、女性で六一パーセントというのです。妻が原因と答えた男性のうち三七パーセントが妻が口うるさい、特に二五パーセントが掃除について口うるさいと言っております。夫が原因と答えた女性のうち四一パーセントが家事をしない為と言い、二九パーセントが掃除をしない為と言っております。そして夫は妻からどの様な言葉を掛けて欲しいかについては、「気楽にいきましょうよ」が四五パーセント、「あなた疲れているのね」が三三パーセント、「あなた、大丈夫?」が二九パーセントと言うことです。女性が期待する言葉としては、四三パーセントが「食事をつくろうか?」で、四〇パーセントが「肩を揉んであげようか?」となっております。仕事での疲労については五七パーセントが極度の過重労働が原因と言い、五六パーセントが同僚との人間関係を理由に挙げております。何れも複数回答可という調査結果のようです。アンケート調査の一つの例に過ぎないとは思いますが、由々《ゆゆ》しい情況であります。福翁の言葉などを思い起こし、結婚に対する心構えをもう一度吟味し直す事が求められます。結婚という甘い蜜は時に「その甘さゆえに嫌《きら》われ、味見をしただけで食欲がなくなります」甘い人生に苦味が伴《ともな》わなければ本当の味は出ないと言って良いでしょう。甘い蜜には蜂がいる様に、甘味には苦味が欠かせないのです。

良心は天の声

人間は誰でも様々な誘惑に対して自制の心が必要であります。自制の心は良心の声に従うことに外なりません。良心は道徳律に照らして殆ど本能的に事の善し悪しを判断します。J・

J・ルソーは「良心は天の声」と言っております。天の声に従って行動しておれば、心安らかに平穏な生活が送れる筈です。これに背反して行動すれば、日々良心に責め苛《さいな》まれて魂は磨《す》り減り、マクベス夫人の様にもはや医師の手には負えない病に罹《かか》ることを覚悟しなければなりません。

沙翁劇の中でも飛び切りの悪党として描かれているリチャード三世は、ロンドン塔内でヘンリィ六世を刺した後にも、次々に卑劣な策を弄《ろう》して、自分が国王となる為に障害となる身内の者を兄や甥に至るまで、悉《ことごと》く葬《ほうむ》り去りました。悪の限りを尽くして王位に就いたものの、ボズワースの戦いでリチモンド伯に打ち滅ぼされます。戦いの前夜、テント張りの陣屋の中で、恨みを持つ数々の亡霊に呪《のろ》われて心は千々《ちぢ》に乱れます。

わしの良心には無数の違った舌がついている。その一つ一つがまちまちに勝手な話を持ち出して、わしを悪党だと決めつける。偽証罪、いちばん重い偽証罪、酷《むご》いいちばん怖《おそ》ろしい殺人罪、あらゆる罪の数々、様々な度合いの罪が、こぞって法廷へ群がり、有罪だ有罪だと喚《わめ》いている！　絶望だ、わしを愛する者は一人も居ない。わしが死んでも誰ひとり哀れんではくれまい。あたりまえだ、わし自身、自分を哀れと思わないのだから。

ヘンリィ六世の王妃であったマーガレットが、ヨーク家の軍門に降り王妃の座を奪われた時に、グロスター公（後のリチャード三世）を激しく呪った言葉が、そのまま実現されたのです。「お前の魂は絶え間なく良心の呵責《かしやく》に蝕《むしば》まれるがいい！」と。悪人の哀れな終末と言うべきでしょう。

善は為し易く悪は為し難い

福翁も人は本来善を好み悪を憎むというのが人情であるから、人情に従って善の道を選んで歩む方が、殊更《ことさら》に嫌いな悪の道に入るよりも易《やさ》しく、これが日々平穏な生活を送る為の基本であると記しております。人の心の自然な働きに従うと言うのは、良心を大切にして生きて行くことに外なりません。

善を為さんとする者は唯人情自然の趣く所を察して之に従うべきのみ。又これに従うと従わざるとは人々の心次第なるが如くなれども、……天下の人情に従って善を為すこそ安心の法なれ。……凡そ人間の性質は苦労よりも安楽なるを好まざる者なしと云う。果たして然るときは天下万人の忌み嫌うことを犯すと、そのすき好む所に従うと、何れが大儀《たいぎ》なるべきや。

人に物を与えるは易《やす》くして奪うは難《がた》し。……犯罪者の身と為りては誠に怖ろしき次第にして、その恐怖慙愧《ざんき》の一念は常に本心を悩ますの媒介たるべければなり。されば……その天性、苦労を避けて安楽を好むの心を、そのままに発達せしめて善に従うの道あるべし。……

人間は本来悪の道を忌み嫌うので、善の道に従う方が性に合っていると言うのでありますが、これをプラトン流に考えれば人間は本来完璧な善と美を心で見ているので、その様な善と美に憧《あこが》れるのが筋《すじ》であるということでしょう。

ドリアン・グレイの良心

福翁の戒めにも拘《かかわ》らず、世の中には良心の声を押し殺してまで、巧《うま》く世渡りをしようとする者が後を絶ちません。

良心って奴は人を臆病にするんだ。泥棒してやろうと思うと止めるし……あいつが居ると万事にまずい……誰だっていい生活をしたけりゃ、良心なんて奴とは縁を切って自分の思うまやりてぇと思うよ。

これは先ほど来話題として来ましたグロスター公に雇われた刺客《しかく》の言葉です。今日この様な考えに取り付かれている人も多いのではないかと恐れています。小説のなかの人物になりますが、一つの例として考えてみましょう。

十九世紀末ロンドンを中心に活躍した耽美派《たんびは》の文人オスカー・ワイルドの作品に『ドリアン・グレイの肖像』という小説があります。芸術の為の芸術を標榜《ひょうぼう》する耽美主義者の作品に、何らかの教訓を読み込もうとするのはお門違《かどちが》いではあります。それでも敢《あ》えてこの作品をここに取り上げますのは、人間は誘惑されるままにどんなに放蕩三昧《ほうとうざんまい》な生活に浸《ひた》ってみても、所詮《しょせん》良心の容赦ない呵責《かしゃく》からは逃れられないのだという印象を、作品から強く受けるからであります。

美青年ドリアン・グレイは友人の画家、ホールワードから贈られた自分の肖像画を見て顔を曇らせます。「自分はやがて年老いて皺《しわ》組み、醜《みにく》い容貌に変わってしまうのに、この絵は何時までも美しい姿のまま変わらない、ああむしろ逆であって欲しい！　絵の方が年老いて行けば良いものを！　魂を売ってでもそうありたい！」と願いました。ドリアンは誘惑者のヘンリィ・ウォットン卿から贈られた書物を生活の指針として恋愛に走ります。三流劇場でジュリエットの純愛を見事に演じていた女優シビル・ヴェーンにひと目惚れとなり、恋に落ちます。

しかし真実の恋を知ったシビルが芝居で偽りの恋を演じるのはもはや出来ないとなると、冷淡にも二度と逢おうとしないのです。家に戻って画家から贈られた肖像画を見ると、口元が少し残酷な表情を帯びております。鏡に映っている自分の口元にはその様な表情は見られません。ドリアンの願いは叶《かな》い、自分の容貌は何時までも若いままで変わらず、肖像画だけが、表情に生活の年輪を刻《きざ》んで行く事になったのです。戸惑ったドリアンは生活を改めてヘンリィ卿と絶交し、シビルの許しを乞い、結婚しようと決心し、熱いラブレターを書きます。ところが翌朝まだその手紙を投函しない内にヘンリィ卿が来訪し、シビルは前夜楽屋で自殺したと伝えます。失望したドリアンはひたすら享楽《きょうらく》の世界にのめり込んで行きます。そして醜い表情が次第に深まり行く肖像画を、古い書斎の壁に下げて鍵を掛け誰にも見せない事にします。友人達からは見放され、飲んだくれや泥棒、麻薬常習犯といったごろつき仲間の隠《かく》れ家《が》などに入り浸《びた》る始末です。ドリアン三八歳の誕生日前夜、画家のホールワードは何とかドリアンを放埓《ほうらつ》の世界から救い出したいものと何年振りかに訪ねて来ました。ドリアンは画家が未だ自分の悪い噂を本心から信じていない様子なので、二階の書斎に案内して悪業《あくごう》の遍歴《へんれき》を刻み込んで来た絵を見せたのです。画家は僅かに自分のサインだけがそれと分る程の肖像画の変貌振りに絶句します。自分の本当の姿を画家の目に曝《さら》し知られてしまったドリアンは、怒りを抑《おさ》えきれずに掛け替えのない友人をナイフで刺し殺してしまいます。嘗ての友人化学者を脅《おど》し、火と薬品で死体を処理隠滅《いんめつ》したのですが、それ以来肖像画の手は赤く血に塗《まみ》れているのです。

ドリアンは肖像画を見る度に、自分の悪業《あくごう》の数々を突きつけられ、責め苛《さいな》まれるのに耐え兼ね、絵を打ち砕いてしまおうと決心します。画家のホールワードを刺した因縁《いんねん》のナイフを取り上げてドリアンは「そうか、この絵は良心だったのだ。こんなものは砕けてしまえ」と、肖像画目がけて突き刺します。すると、恐ろしい呻《うめ》き声が響き、辺りは恐怖と悲しみに包まれます。ドアをこじ開けると、イヴニング・ドレスに身を包み、皺《しわ》だらけの窶《やつ》れ果てた老人の遺体が胸にナイフを刺されて倒れておりました。使用人でさえ身に着けていた宝石から漸く自分達の主《あるじ》である事が分ったと言うのです。そして壁には今の今まで若い姿であった主《あるじ》の肖像画が蘇《よみがえ》り掛かっているのです。ドリアンは執拗《しつよう》に責め立てる良心を抹殺《まっさつ》しようとしたのですが、それは自分自身を葬《ほうむ》ることでしかなかったのです。

至善《しぜん》を求める心、道徳心、宗教心

良心とは人の心の自然な働きであり、半ば本能と言って良いと思いますが、この良心は磨きをかけられ、高められていくべきです。福翁も人間の心は想像を逞《たくま》しゅうして満足する事なく、宇宙の隅々にまで広がると記しております。交通手段に於いてより早いものを望み、富裕な人がより多くの財を求める様を見れば、無形の道徳心（良心）に於いても、当然より高度な善、最高で完璧《かんぺき》な善を求めるのが人間本来の姿であると言っております。そしてより高尚な心に達する為には書を読み、人に教えを請《こ》い、自分の思いに不足がない様に心掛ける訳です。既に多くの哲人、思想家、文人達が、わが師と仰ぐべき著書を数多《あまた》残しております。なかでも最高、完璧な善に達した聖者として、福翁は釈迦、孔子、キリストの名を挙げております。聖書や経文《きょうもん》などは絶倫《ぜつりん》（抜群）の智識の書であり、今日では俄《にわ》かには信じられない様な説もあるけれど、それは凡人に説く為の方便、或いは比喩であり、本来の目的は、これら聖者高僧の悟りの境地に凡人を導く事であると指摘するあたり、やはり福翁の卓見《たっけん》であると思います。そして宗教の必要性は、自ら至善《しぜん》を求める心が薄《うす》い人でも、これらの書に教化されて最高完璧な善に心を向ける助けとなる事にあると示唆しております。

健全な心と健全な身体

健全な心は健全な身体に宿るとは、古より伝わる箴言《しんげん》であります。

先ず健康な身体の発達と維持に努めるべきは言うまでもない事ですが、福翁は強い精神が屡《しばしば》強靭《きょうじん》な身体の基盤《きばん》となる事も指摘しております。「例えば軍隊の戦時と平時と比較すれば、戦争中、衣食住の不完全は無論、病症の手当てとても万事不行届《ふゆきとど》きにして固《もと》より平生の如くなるを得ず、云わば不養生のみ犯すの有様なれども、さてその身体如何を問えば、健康常に倍して病人の数は割合に少なしと云う。又航海者が眠食を常にせず、鉱山稼《こうざんかせ》ぎの者が昼夜を分かたずして坑内に働くが如き、この種の不養生は世の常なれども、特にその害あるを見ず。又佐までで健康に見えぬ老母が一人の愛子《あいし》を養育して、この子の成長するまでは何としても死なれぬと云う、無理なる所望《しょもう》なれども、不思議にもその老人の長命なることあり。是等の事例を数うれば枚挙《まいきよ》に遑《いとま》あらず。何れも精神の張るが為に形体を維持するものにして、双方直接の関係をみるべし」と言っております。

この様な心の張りを支えるものが忍耐と根気ではないでしょうか。

強い心、忍耐

忍耐は人に猶予《ゆうよ》の時を与え、病や傷を癒し悲しみを和らげてくれます。万策尽きても忍耐の心さえあれば、その災難を笑って乗り越えられると言う沙翁劇『オセロゥ』で語られるせりふに注目しましょう。『オセロゥ』の導入部の話なのですが、ヴェニスの元老院議員ブラバンシオゥの娘デズデモゥナが、ムーア人ながらヴェニスの護衛に当たって功績のある将軍オセロゥに、密《ひそ》かに恋をして結婚するという局面になります。父親のブラバンシオゥは猛反対してヴェニスの大公に訴え出ます。評判の美人で慎み深く申し分のない自分の娘が、国柄も違い、見るのも怖がっていた肌の黒いムーア人に惹《ひ》かれる筈はなく、オセロゥが何か魔術か媚薬《びやく》の様な物で娘の心を惑《まど》わしたに違いないと言うのです。直接にデズデモゥナの話を聞いてみると、デズデモゥナの言うには「お父様は私を生み育てて下さった方、誰よりも大切な方です。これまではお父様の娘でした、でもこれからは私には夫がおります。お母様がお父様を大事になさいました様に、私も夫のムーア様に思いを掛けたいのです」という訳です。失望落胆《らくたん》のうちに諦《あきら》めるブラバンシオゥにヴェニスの大公が言います。

君の気持ちから一つの格言を言わしていただこう。
これによって当の恋人達二人も、少しずつ君に
気に入ってもらえる様になるかもしれない。
万策尽きて最悪を見れば、悲しみも終るというもの、
悲しみとはまだ望みが持てる間でのことなのだ。
過ぎてしまった不幸は、嘆《なげ》いてみても
また新しい不幸を生むばかりだ。
運命に奪われ手を離れてしまっても、
忍耐の心さえあれば、その痛みを笑って見過ごせよう。
盗《ぬす》みに遭《あ》っても微笑《ほほえ》んでいれば、少しは盗人《ぬすっと》に仕返しとなる、
無益に嘆き続けていれば、自分が根こそぎ奪われる。

無益に嘆き続けて耐え忍んでいると、心の病に冒《おか》されてしまいます。どうにもならない悲しみは潔《いさぎよ》く諦《あきら》めてしまってから耐える方が賢明と云うものです。忍耐の為所《しどころ》にも二様があると云うことです。そして「心頭《しんとう》を滅却《めつきやく》すれば火もまた涼し」とは良く聞く言葉ですが、どんな苦難もこれを超越して心に留《と》めなければ苦しみは消えると教えているのです。

強い心、根気

根気は勤勉のエネルギィでありますから、何事であれ目標の達成には欠かせません。「点滴石を穿《うが》つ」と言われますが、価値ある仕事はすべて根気良く続ける着実な歩みによってのみ成し遂げられるのです。イソップ寓話の亀の様に、遅いながらも根気良く続ける着実な歩みこそが目標達成の秘訣であるとは、百般《ひやつぱん》に知られた事実であります。

福翁は独立者として生涯を送るためにも根気が必要であると説いております。独立者の言行は多く主観に基づいているので、往々にして世間一般に受け容れられず煙《けむ》たがられることがあります。その様な場合に世間の悪風に染《そ》まぬよう自ら身を厳正堅固に持《じ》することは当然でありますが、わが身に害がない限り、清濁併《せいだくあわ》せ呑む態度で多くの人々に接して、饒舌《じょうぜつ》によらず自ら醸《かも》す雰囲気からごく自然に独立の何たるかを他の人に気付かせるのが大切であると言っております。

宝物は大切にして深く秘蔵すべし。真宗の教えに念仏行者と人に悟らるる勿《なか》れと云うことあり。余《よ》も亦この教えに倣《なら》い、天下後進の学者がみだりに口にのみ独立を言わずして深く心中に之を信じ、黙して之を実行上に現さんことを願う者なり。

独立者として貫く為には、これ位のことは良いであろうとか、そのうち取り返す道もあろうなどと言って、自らを大目に見過ごして世間の風潮に漫然と馴染《なじ》んではならないと戒めているのです。一旦決心したからには、何であれ徹頭徹尾《てっとうてつび》これを貫く根気が大切であるとして、一つのエピソードを紹介しております。

在昔《ざいせき》（往時）或る九州藩の士族に茶の湯を好む者あり、生涯の楽しみは唯《ただ》茶道一偏にして、一年三百六十日嘗《かつ》て一日も廃したることなかりしが、或る年この茶人が藩用にて江戸に行く時、茶器一切を荷物の中に蔵《おさ》め、東海道中宿に着すれば終日旅行の疲れをも厭《いと》わず、急ぎ水を呼び火をおこして宿屋の座敷に一場の茶席を開き、相手なければ独り自ら楽しむこと、平生の如くにして毎夕相替《あいかわ》ることなし。同行の士は之を見て却《かえっ》て面倒にゃ思いけん、茶の湯の数寄《すきさ》も左ることながら、この忙しき道中に余り気楽ならずや、せめて道中だけは思い止まり、江戸着の上にてゆるゆる楽しまれては如何と忠告せしに、茶人先生は泰然《たいぜん》として驚かず、御心付けの段は忝《かたじけ》なけれども、道中の日も亦人間生涯の一日で御座ればと答えしのみと云う。即《すなわ》ちこの九州士人の如きは、茶道の志《こころざし》篤《あつ》くして畢生《ひっせい》その志を貫くに根気強きものと云うべし。

学問のすすめ

福翁の『学問のすすめ』は当時の日本人口三千五百万人に対して国民百六十人の内一名が読んで居るという計算ですから、その影響は計り知れないものであったと思います。福翁は「天は人の上に人を造らず、人の下に人を造らずと云えり」の言葉で書き起こしております。しかし人は生まれに於いて全く平等でありながら、人間界の有様は様々で、賢い人、愚かな人、富める人、貧しい人がおり、この違いは夫々に学問の力があるかないかによって生じたものであるとしております。「天は富貴《ふうき》を人に与えずして、これをその人の働きに与るものなり」と記しております。それ故に学問が必要になるわけですが、その学問としては先ず「人間普通日用に近き実学」を心がけるべきとしております。読み書き計算など日常生活に欠かせない知識の習得の外に、地理学、窮理学《きゆうりがく》（天地万物の性質や働きについての学問）、歴史、経済学、修身学（道徳）についての心得が独立に必須《ひつす》であります。人には夫々の身分に相応《ふさわ》しい才徳が必要であり、その為には物事の理屈を知らなければならないので、どうしても学問をする必要があるのです。学問を通して一人一人が自分の立場を弁《わきま》えて自由独立出来なければ、政府と国民の円滑な対話交流は望めず、一国の独立もおぼつかないと言うのであります。そして「この書の表題は学問のすすめと名づけたれども、決して字を読むことのみを勧るに非ず。書中に記す所は、西洋の諸書より、或いはその文を直ちに訳し、或いはその意を訳し、形あることにても、形なきことにても、一般に人の心得となるべき事柄を挙げて、学問の大趣意を示したるものなり」と第二編の端書《はしがき》を結んでおります。実学の心得があれば、日常身辺の事柄について疑いがあればそれを解き、自らの才徳を増し独立の気運も高まると言うのです。

教育の効能は天賦《てんぷ》のもの

福翁は人の心を高尚にして気品を高める事が文明社会の為に至極大切であるとし、教育の目的もここにあると考えております。文明の進歩と共に新しく発明開発された物に限らず一木一石に至るまで、その原理原則に照らして物事の性質や効用を明らかにして行けば、やがて奥深い道理に達し、人間の心は広大な宇宙を包み込む程に無辺に広がり、弥《いや》が上にも高尚になると云うのです。教育の方法として身近な事柄から始めて漸進的《ぜんしんてき》に深遠に及ぶというのは言うまでもないと思いますが、福翁の教育論で特に注目したいのは、人の能力は天賦《てんぷ》のものであるから、教育の効能も、生まれながらに定まっている限界以上のものを期待すべきではないと言っている点であります。教育だけの力で知者賢者を製造出来ると思うのは間違いで、教育とは人間に本来備わっていない物を作り出して授けるというのではなく、本来持っている物をすべて引き出して余す所なく発展させる事であると述べております。然し亦一方では、先天的に持っている物以上には望めないからと言って、教育はすべて徒労に終わり無駄であるとするのも大きな間違いであり、世の中に教育ほど大切なものはなく、教育者は植木職人のようであると言っております。庭の松や牡丹《ぼたん》も自然のままに放置しておけば、枝ぶりも花の色も見栄《みば》えがしないばかりか、虫の害で枯れ萎《しぼ》んでしまうという事を引き合いに出しております。人の子も生まれたままに放置されておれば、その子の天賦の能力の如何にかかわらず、唯周囲の風に曝《さら》されて時には智徳の虫とも云うべき悪習慣に害されて、心身の品格を失い粗野に流れ卑《いや》しい生活に甘んじなければなりません。

無教育の不利

沙翁劇『お気に召すまま』の冒頭で、亡くなった貴族の息子兄弟が争う場面ですが、長子が末弟を自分の屋敷内に住まわせながら何一つ教育らしいものを授けて呉れないことに不満を訴える末弟オーランドゥの言葉に、教育を受けられない身の惨《みじ》めさが示されております。このオーランドゥは気立ては優しく心身共に天賦の力に恵まれた若者なのです。

弟でありながら、このぼくは兄上の許でただ体だけが大きくなるだけではないか、こんなことなるこの家のごみだめをあさっている獣だってぼくと同じ恩恵に浴しているではないか。ぼくの為に何一つ備えてくれないばかりか、そのやり方から思うに、ぼくの為に自然が備えてくれたものまで奪い取ろうとしているようだ。兄上はぼくを下男たちといっしょに暮らさせて、弟という身分も認めず、無学無骨者《ぶこつもの》のまま野放しに育て、ぼくの生まれの良さを台無しにしようとしている。

教育を受けなければ天才と言えども鉱山に眠る原石のようなものです。また別の沙翁劇『あらし』のキャリバンに代表される様に、人間は教育されなければ獣も同然で、自然が備えてくれた物もみな台無しになってしまうのです。教育を受け損《そこ》ねたキャリバンは、ただ怠惰な生活を許して呉れる主人にありつく事ばかりを考えて行動するのです。結果は裏切りの世界にさ迷い、のんだくれを神と崇《あが》め間抜けな人間を拝《おが》んだりする始末となります。キャリバンを、征服されて辺境に追いやられ圧政下に苦しむ先住民族や貧民労働者の象徴と捉《とら》える解釈もありますが、今日でもキャリバンの様に教育も受けられずに、無学文盲のまま貧民街で奴隷の様な生活を強いられている人々がおります。ＮＨＫスペシャルの映像で見たばかりなのですが、南米北部のベネズエラ共和国の首都カラカスの貧民街の様子が正にその一例であります。この様な人人に適切な教育を授けて、一日でも早く人間らしい生活が出来るようにする事が政治家に課せ

られた急務であると思います。（＊NHK.TV.7/21,'06 : 10 : 00pm）

天才は九十九パーセントの努力から？

ところで「天才は九十九パーセントの努力と一パーセントの才能の閃《ひらめ》きから生まれる」と言うトマス・エジソンの言葉については如何でしょう。外にも古くは古代ローマの哲人キケロを初めとし同様な趣旨を述べている先人達がおります。これは確かに天賦《てんぷ》の才が乏《とぼ》しくても、長い勤勉な努力によって天才と言われる程に素晴らしい賢人にもなれると励ましてくれる言葉であります。福翁も生まれついた能力の違いは動かし難いけれども、年年歳歳《ねんねんさいさい》怠りなく教育に励むことで先天的な素質も次第に改善されることを示唆しております。無学文盲《むがくもんもう》で全く読み書きが出来ない様な人の子孫にも、普通の能力に恵まれた子に普通の教育を怠りなく授ける事で二代、三代、四代を経て偉大な学者が生まれ出る事は決して珍しくはないと言っております。ただそれが実効を奏《そう》するまでには長い時間が掛かるわけで、先天的な体質改善と同様に四世代位の期間が必要であろうと見込んでおります。当然ながら天賦の才能に恵まれていても教育を怠ったり或いは誤れば、本来の能力は下落し消滅してしまう訳です。福翁は穀物改良の例に譬《たと》えております。

穀物改良の要は種を選び培養《ばいよう》を励むにあり。先ず良き種を蒔《ま》いて丁寧に培養すれば前年の種よりも更に良き種を得べし。年々歳々怠らざる時はその進歩著しきものあるに反して、最初良き種を得ても、唯これを蒔くのみにして耕耘《こううん》培養に注意せざるときは、種の性質は次第に下《くだ》りて之を回復すること容易ならず。人間の子も亦《また》斯《か》くの如し。

福翁の教育論が今日の子弟の教育に持つ意義は大変に大きいと思います。特に高学歴偏重《へんちょう》主義がもたらした過熱気味の今日の教育現場に、一石を投ずるものであります。徒《いたずら》に高級な教育の即効性を求めるばかりでなく、夫々に適合した教育を授けて、夫々が誇りと自信を持って社会に羽ばたける様に仕向けるのが教育者の勤めであると教えているのだと思います。そして教育者にとって欠くことの出来ない資質はと言えば、既に話題に取り上げました様に、良心、忍耐、根気など、心の様々な働きが人一倍優れている事だと思います。

エミールの教育

本来善良な人間が文明に毒された為に堕落し邪悪になってしまったと考えた哲人がおります。文明についてては福翁と対照的な立場にありますので、両者を比較対照すれば、様々な角度から教育を考える上で大いに参考になると思います。福翁（一八三四―一九〇一）よりも一二二年前に生まれ、ほぼ同年の生涯を送った十八世紀フランスの偉大な思想家で文学者でもあったジャン・ジャック・ルソー（一七一二―七八）であります。ルソーは「自然へ帰れ」の哲学論の提唱者として知られております。『エミール』は小説ということになっておりますが、実際は教育論であります。エミールという健康で賢いフランス人の孤児をルソー自身が教育するという設定になっております。「創造主の手から生まれた時すべては善良であり、人間の手に入った時にすべては堕落《だらく》する」と記されておりますが、これはルソーの思想を端的《たんてき》に言い表しております。自然は人間を善良、自由、幸福に創造したが文明社会は人間を邪悪、奴隷、不幸にしたということになります。福翁は文明開化推進派の思想家でありますから、文明の進歩に希望と期待を寄せていたのは当然であります。人間が毒されるのは文明開化の為というより、旧来の陋習《ろうしゅう》、つまり古くからの悪い習慣の為であると考えていたのであります。福翁の時代には科学文明の発達進歩による公害問題や核兵器に対する恐怖は未だ見えず、文明開化のもたらす長所、利点のみが際立《きわだ》っていたのだと思います。福翁の文明開化推進の意気込み振りは次の言葉からも察せられます。

凡そ文明先達《せんだつ》の人は有形界の革新には如何なる劇変を試みるも世安《せあん》を害するの掛念《けねん》なしと覚悟して、苟《いやしく》も数理上に計り得たる事柄は前後左右を顧みず想像のままに之を実行して可なり。

然し人間本来の姿は善良であるという考えについてはルソーと同じであります。そして子供が自分自身の体験を通して社会の中で出来る限り自由に自立して行動出来る様に仕向けるという点でも同じであります。そのほか先ず健康で獣身《じゅうしん》のように強い身体の維持に心掛け、何よりも子供の天賦の能力を重視するなど、根幹は同じなのですが、ルソーは教育という枠、或いは人工の手を殆ど加えない事に徹しております。

ルソーは子供の持って生まれたものを自然のままに引き出し、人の手や社会の風習で害する事のない様に注意して育てる事を特に強調しております。具体的な方針を要約すれば次の様に分けられます。

一　子供は田舎の新鮮な空気の中で育てる

二　食事は菜食が良い。特に母親は授乳の為にも菜食主義が良い

三　子供が入浴に慣れるのは良いが、身体の活力を失うほど温湯などに甘えてはならない

四　子供は一定の生活習慣をもたない。食事や就寝の時間も特に定めない。好きな様に行動する。怪我をしたり、病気になったりする事があっても、自然のままに生きる事を学び、自然人として強い大人になる事を目ざした方が良い

五　子供は新しい物に積極的に接する様に仕向ける。その際、本来恐るべきでない物を怖《こわ》がらない様にする。例えば恐ろしい仮面等も、先ず滑稽な面から見せ始めて恐ろしい仮面も笑って見過せる様にする。銃の発砲音等にも同様に徐々に馴らす

六　子供は泣いても叱らない。子供の教育は誕生の瞬間から始まり、泣くことは子供の意思の自然な表現である

七　子供を家の主の様に取り扱ってはならない。親が子に従う様に仕向けてはならない

八　子供には自分の事はすべて自分でする自由を持たせる。そうする事で他人の自由を侵《おか》す気にならない様に仕向ける。子供が自由に力を行使しても、子供の力は未熟であるから、そ

れ程大きな危害は生じない

九　子供は自分にとって為になると思えば、正しく読み書き話す事を学ぶ筈なので、強制したり脅《おど》したりして、その発展を妨げてはならない。

一〇　子供を規則で縛《しば》り過保護に扱うのでなく、野原で一緒にのびのびと遊びに興じる。規則ずくめで子供を縛れば、自分が自由を得た時には他人の自由を奪うことになる

一一　本格的な知能教育は思春期からであるが、先ず自分の身体的能力の限界と、知能的な働きの強みを悟らせる。知能教育では教師は生徒の疑問に完全な解答を与えず、飽《あ》くまでも生徒の興味を掻《か》き立てるだけにして、生徒自身で調べ解決する様に導く。

一三　興味と好奇心が生徒の体験と知識を豊かにする。例えば星座の知識が夜の森の中で方角を知る助けとなるなど。

ルソーがエミールの教育で目ざしたのは、「高貴な野蛮人」の育成でも、社会の先導者となるべき文化人紳士の育成でもなく、天賦の能力と善良な本能に従って、勇敢にそして誠実に生きて行ける普通の大人であったのです。元来『エミール』は母親達の為に子育ての指針を示したものでありますから、今日でも家庭での子供の教育や躾《しつけ》に大いに参考になると思います。

大自然のなかに生きる

沙翁劇『お気に召すまま』で、宮廷を追われた老公爵が、森の中での流浪《るろう》の生活の方が、栄華と虚飾に満ちた宮廷生活よりもずっと気楽で増しであると考えるようになった経緯《いきさつ》については既に触れました。森の中には厳しい自然があり、必ずしも宮廷即ち都市文明に対する牧歌的な理想郷とばかりは言い切れません。然しながら、森では一木一石、或いは川のせせらぎからも、到底書籍や学者達からでは学び得ない様々な事を知る事が出来るのです。人間とは何か、価値ある人生とはどの様に生きることなのかと体験を通して考える事が出来ます。かの老公爵は幸せな日々を送る為にはそれ程多くの物を必要としないことを体験して、如何に生きるかの達人となり得たのです。それはイギリスの桂冠《けいかん》詩人W・ワーズワース（一七七〇―一八五〇）の言う「簡素な生活に高い思索」を目指したものでしょう。幸福な生活を送る為にはほんの僅かな物で充分であると認識出来なければ、何時までも物欲の奴隷であると言われております。

田舎暮らしの利

福翁も田園や田舎での生活が健康面では都会での生活よりも勝っている事を述べております。身体の健康に食事が大切である事は言うまでもありませんが、人は日に三度の食事を摂《と》るのに対し、昼夜を分かたず呼吸をしているのですから、空気は一層重要であると指摘しております。一歩戸外に出れば見渡す限り風光は清浄無垢《しょうじょうむく》にして新鮮な空気に満ちた農村の環境は、何物にも代え難いと言うのであります。農村では昼は田畑での労働、加えて粗食、粗末な家での暮らし振りであるけれど、大自然のもと昼も夜も新鮮な空気に浴して生活出来るので、都塵《とじん》のなかに飽食暖衣《ほうしょくだんい》の日々を送るよりも遥かに健康に良いと強調しております。

福翁の時代はともかく、今日では誰でも分かっている事だと思いますが、これを実践しようと敢えて都会から田舎に移り住み、農業に従事しようとする人は余りおりませんでした。ところがここに来て、環境汚染が広まり健康志向が高まるにつれて、そういう人々が次第に増えております。また里山を守る会や農業を体験する会なども作られて、農村の環境保全運動も漸く始まりました。この様な運動は参加者のストレス解消、健康増進、農村の過疎化阻止、地域の交流や環境保全の輪の広がりなどと、一石何鳥にもなる妙案だと思います。

バイオリズムの核は大自然のなかに

暗闇《くらやみ》が薄《うす》まる時、一番鳥が朝《あした》を告げ、雲は流れ、馬が息を吹き、朝靄《あさもや》に黒い土が動く、大地を踏む農夫の足音が爽《さわ》やかに響く、日輪を迎えて小鳥の囀《さえず》りが澄んでくる、新しい一日が始まり、生命が躍動し始める。

若い頃に綴った思いでありますが、今改めて昭和初期農村風景へのノスタルジア頻《しき》りでありま
す。朝に目覚め、昼に働き夕闇に家路につく農夫の姿こそ大自然の摂理に調和した人間の営みではないでしょうか。この人間に鳥も虫も樹木も草花も和し、春夏秋冬にかけて美しい生命のリズムを奏《かな》でます。大自然のこのリズムこそ人間が健康に過す為の生体リズムの核でありま
す。このリズムの流れに逆らって生きる時、人間はストレスに苛《さいな》まれて一層脆《もろ》く弱くなります。

ストレス解消の為に

スピードと効率が優先されている今日、人々は特に都市部に住む人々は深刻なストレスに悩まされております。ストレスの為に精神面は勿論のこと、肉体までが様々な病に蝕《むしば》まれているのが現実でありますから、医学の専門家も様々な対策を提案し指導しております。ストレスが原因の病と分れば、何よりも医師の治療を仰がなければなりませんが、予防に当たっては夫々の境遇に応じて個人的に色々と工夫する事が基本となりましょう。先ほど触れましたように農村に出向いて大自然の中で農業体験をする事や自然観察、或いはスポーツ等、明らかにストレス解消に役立つ筈です。

また伝統的な考え方としては、カタルシスと言いますが、悲劇やメロドラマ等の主人公を通しての身代わり体験から、鬱積《うっせき》した情緒を発散浄化する事もストレス解消になるでしょう。近頃では大声で笑う事も脳を活性化してストレス解消に繋《つな》がると医学的に証明されている様です。観劇、落語、漫才等、殆どの娯楽を精神衛生の対策として取り込む事が出来る訳です。

然しながら身近な対策としては、福翁が記して居るのですが、人間本来の善い心に従って生きる事だと思います。「人の心は醜《しゅう》を悪《にく》んで美を愛するものなり」とあります。具体的に言えば、人は誰でも美しいもの、例えば美しい風景、美しい庭園、書画、骨董、家具は勿論のこと、交際対面する人々の笑顔や穏やかな表情などに至るまで、すべて美しいと感ずるものを見て喜ぶというのであります。田園の牧歌的な風景、降るように煌《きら》めく星空、宝石を散りばめたような都会の夜景、みな人の心を癒してくれます。いま流行のガーデニングに汗を流せば、色とりどりの奇麗な花や緑の若葉に目が洗われます。自分で書画を嗜《たしな》み或いは書画骨董を愛《め》でるのもまた気分転換となります。そして忘れてならないのは対面する人々の表情です。相手がぶすっとして暗い顔をしているのを喜ぶ人はおりません。見たいのは相手の明るい笑顔や喜ぶ顔です。それはこちらの笑顔と明るい表情から引き出されるものです。言い換えれば何時も笑顔と明るい表情で人に接することが大切で、これが自分自身にストレスの掛からない一番の得策と言う事になります。正に笑顔は人の為ならずと言う事でしょう。

女性の化粧もストレス解消に

福翁は女性が化粧し奇麗に装《よそお》うのは相手に不快な思いをさせない為であって、決して誰かに媚《こび》を売ろうとするものではないと断じております。女性はこの様な愛情を生まれながらにして備え持っていると言うのであります。

女子は生まれながらにして心優しく身体の挙動も荒々しからず……平生の言行、一顰一笑《いっぴんいっしょう》の微《び》に至るまでも、その発源を尋ねれば愛情の一点に生ぜざるはなし。沐浴《もくよく》化粧は婦人の嗜《たしな》みにして、衣装に思いを凝《こ》らし起居動作に心を労しかりそめにも人に厭《いと》われ人に笑わるることなからんとするその注意は、殆ど男子の想像にも及ばざる所のもの多し。……婦人の容色行儀を重んずるを見て、果たして誰に向て何人の愛を博《はく》せんとするが為めなりなど、直接の関係を云々《うんぬん》するは未だ事の真相に達したるに非ず。……相手の男子たり女子たるを問わず、之に向て一言一語、一挙一動も油断することなく、その身の醜美その家の貧富に拘《かか》わらず、上は王侯貴人、富豪深窓《しんそう》の淑女より、下は片田舎の草刈る賎女《しずのめ》に至るまでも、愛嬌《あいきょう》一偏、羞《はず》るが如く媚《こび》るが如くして、人の意に逆らうことなきに勉《つとむ》るは、是れぞ女性《にょしょう》の本領にして、その注意の緻密なるは、武士の武辺《ぶへん》に於けるが如しと云うよりも更に一層の深きものあり。

女子に限らず男子の場合でも、時に異性の意を迎える為に容姿を装うという事もあり得ましょう。然し婦人の本領はその様な表層的直接的なものではなく、相手に不愉快な思いを抱かせずに明るく美しく応対するという優しい心遣《こころづか》いに在るというのです。それは女性本人にとってもストレスの少ない生活となる筈です。老人ホーム等で老婦人に化粧を勧めたり、化粧に手を貸したりすると、その老婦人が元気を取り戻し、明るく人に接する様になるという話をよく耳にします。化粧する事で塞《ふさ》いだ気持やストレスから解放されるのだと思います。

然しここで特に注意しなければならない事があります。福翁も強く指摘しているのですが、婦人がこの様な女の本性《ほんしょう》に窒息《ちっそく》してしまい、自由を見失う様な事があってはなりません。その様な社会にならない為に男子は声を大にすべきであると福翁は戒めております。女性が奇麗に装い明るくストレスの少ない生活を送れる社会を目ざす事が、男性にとってもストレス軽減の得策と言えましょう。

『冬物語』、接木術《つぎきじゅつ》は天工か人工か

人工に対して自然が為した業をさして天工という言葉があります。福翁が使い始めた言葉と思われるのですが、天工とは造化《ぞうか》つまり造物主の為せる業と言う事になります。そして沙翁晩年の芝居ですが『冬物語』の中で、「自然を愛《め》でる」ことについてでありますが、接木術が天工か人工かの遣《や》り取りがあります。ついでに女性の化粧についても話が及んでおりますので一考に価すると思います。先ず話の導入の為に少々の説明を加えましょう。シチリア王リオンティーズが、竹馬《ちくば》の友ボヘミア王が滞在していた折、王妃のハーマイオニとボヘニア王ポリクサニーズとの間に密通があったと疑いだした為に、忠実な重臣に強要して生まれたばかりの姫君、パーディタをボヘミアの荒野に捨てさせます。重臣は折から吹き荒《すさ》び出した嵐の中、運があれば誰かに拾われて養育されますようにと、赤子の身の上を記した書き付けと金品を添えて立ち去りますが、その直後に熊に喰われてしまいます。嵐が治まり折り良く来合わせた羊飼いの老人が赤子を拾い上げて、妖精からの福の授かりものとして大事に養育します。十六年の歳月が流れ、パーディタは羊飼いの娘ながら比類なく美しい娘に成長します。老羊飼いは俄《にわ》かに羽振りの良い大金持ちとなり、辺りの評判となっております。さてボヘミアの宮廷ではと言えば、王子のフロリゼルが眉目秀麗《びもくしゅうれい》な青年貴公子として期待と信頼を集めております。或る日のこと、その王子が鷹狩に出て鷹が老羊飼いの敷地に迷い込んだことから、王子とパーディタが引き合わされて二人は恋に落ちます。そこで王子フロリゼルが宮殿を出て羊飼いの家に入り浸《びた》っている事に心を痛めていたボヘミア王は、羊飼いの屋敷で行なわれる花祭りに従者と共に変装して参加します。王子と羊飼いの娘の様子を密かに観察する為です。花祭りでは王子フロリゼルは百姓姿です。パーディタは花祭りの女主として奇麗な花で着飾り、参加者一人一人に相応しい花を選んでは手渡しながら迎えております。変装して入って来たポリクサニーズ王と従者にも冬の花、ローズマリーとヘンルーダを手渡し丁寧な挨拶を述べて迎え入れます。ここで二人の間に庭師の接木術についての遣り取りが始まります。

ポリクサニーズ　羊飼いの娘さん――奇麗な娘さんだね、君は――わたしたち年寄りに冬の花とは誠に相応《ふさわ》しい。

パーディタ　はい、今年もだいぶふけてまいりましたが、まだ夏が死に果てたわけでもなく、寒さに身を震《ふる》わす冬が生まれたわけでもありません。この季節に一番きれいな花といえば、カーネーションと、自然の私生児などと呼ぶ人もおりますが縞石竹《しませきちく》でしょう。その種の花は私たちの田舎の庭には見られませんし一茎《ひとくき》だって欲しいとは思いません。

ポリクサニーズ　娘さん、一体なぜその様な花を疎《うと》んじるのかね？

パーディタ　あの斑色《まだらいろ》は、偉大な造物主の技に人間の技が加えられて出来たものと言われているからですわ。

ポリクサニーズ　そうかも知れない、だが自然がなんらかの手段で改良されるとしても、その手段は自然が造り出すもの、天工なのです。だから、君が天工に加えられたと言うその人間の技も、実は天工の一つの働きと言う事になるのです。いいかね、娘さん、野生そのままの幹にそれより上等な若枝を嫁がせて、卑しい樹に高貴な芽を宿らせる事があるでしょう。これは自然を補修する——というより変えてしまう人間の技術だが、実はその技術自体は自然の技、つまり天工なのですよ。

パーディタ　それは良く分ります。

ポリクサニーズ　それなら君の庭にも縞石竹をたくさん咲かせて、自然の私生児などと言わないことだね。

パーディタ　わたくしあのような花、一茎だって土を掘って植えたいとは思いませんの。わたくしが紅白粉《べにおしろい》をつけて奇麗だからと言って、ただそれだけで、この方に子供を宿して欲しいなどと言われたくないのと同じですわ。

前置きが長くなりましたが、実はここで自然に対する二つの立場が浮き彫りにされている事に目を向けて欲しいのであります。自然とは手を加えられ、改良変化されるべきものなのか、それとも自然は在るがままの状態にしておくべきものなのかという問題であります。これは一般的な傾向としては西洋的な立場と東洋的な立場とも言える問題であります。勿論西洋でも、例えば十八世紀から十九世紀初頭にかけて展開されたロマン主義運動などもその一つの例でありますが、当然ながら在るがままの自然を尊重する思想が広く深く見られました。そしてもう一度大まかな話となりますが、西洋ではキリスト教文化が、東洋では仏教文化が大勢を占めていたと考えられます。聖書によれば神は万物を創造して、すべてを人間の管理下に委ねました。人間はすべてを征服統治して、自由に改良改善する権利を得たのであります。これが一般の基《き》盤《ばん》となり、所謂《いわゆる》科学文明が西洋の生活全般に広く及んで行った訳です。そして自然界は人間の為に美しい姿に造り変えられ、改良されて行くべきものと考えられました。上記のポリクサニーズの言葉はこれを代表しております。パーディタの紅白粉《べにおしろい》も奇麗な花や衣装と同様に、花祭りの参会者を快く迎え入れる為の改良の手であり、決して否《いな》むべきものでないと云う事になりましょう。それによりパーディタも、王子との密《ひそ》かな恋の発覚を恐れながらではありますが、ひとときの幸せな気分に浸《ひた》り、屈託のない笑顔で客人達の接待に当たる事が出来るのでありま す。紅白粉《べにおしろい》はただの素顔よりも見栄えがする様に加えられた人の技でありますが、これも天の技、天工という事になります。人間は万物を支配し統括して人間の利益になる様に改良し、姿や形を自由に変える事が出来るという考えに基づいております。

深入りは出来ませんが、仏教文化の下では自然とは古くは「じねん」とも読まれ、「自《おの》ずから然《しか》る」の字義に明らかな様に作為《さくい》のあとが見えない、在るがままの事物本来の状態と言えましょう。

造化《ぞうか》と争う

福翁は文明開化の旗手として、改良の手を科学分野ばかりでなくあらゆる分野で大いに歓迎しております。宇宙の神秘を考えれば人間など蛆虫《うじむし》にも等しい微細な生き物でありますが、他方では万物の霊長としてこの世に生まれ出た訳ですから、それに相応《ふさわ》しいだけの働き、つまり天然の素材を改良して利用出来なければならないと言うのであります。福翁の垂訓《すいくん》には大変愉快な分かり易い譬《たと》えが多いのですが、ここでも「造化《ぞうか》と争う」と云う表題を掲げております。天然の素材をふんだんに人間に供与しているのですから、天の恵みは確かに大でありますが、その天（造物主）は供与の約束をしているだけで、人間が営々と働いて手を加えなければ穀物は実らず、畑は荒れ放題となります。また天は意地悪で、海に波を起し陸《おか》に風雨を荒らすので、人は防御の為に船を造り家を建て、改良に改良を加えて益々防御策を固めて行かなければなりません。また天は人間に教え伝える事については物惜しみして、なかなか秘法を明かしてくれません。人を病に苦しめながら、その治療法を容易に授けないのであります。蒸気、電力等についても、開闢《かいびやく》以来久しく秘密にしておりました。人間自身が自ら努力して医学、科学、物理学の奥義を掴《つか》み取らなければならない訳です。

以って天意の在る所を知るに足るべし。左れば万物の霊、地球上の至尊《しそん》と称する人間は、天の意地悪きに驚かずして之に当たるの工風《くふう》を運《めぐ》らし、その秘密をあばき出して我物と為し、一歩一歩人間の領分を広くして浮世の快楽を大にするこそ肝要なれ。即ち我輩の持論に「造化と境を争う」と云い「化翁を束縛す、是開明《これかいめい》」と云うもこの辺の意味にして、物理学の要は唯この一点に在るのみ。方今《ほうこん》世界開明の時代と云うと雖《いえど》も、天の力は無量にしてその秘密に際限あるべからず、後五百年も五千年もいよいよその力を制して（天の）跋扈《ばっこ》を防ぎ、その秘密を摘発《てきはつ》して之を人事に利用するは、即ち是れ人間の役目なり。

［造化、化翁、共に造物主の意味。］

詰まるところ福翁は自然の力と競い争って、自然を征服し支配する事が文明開化であると説いている訳です。これはキリスト教文化の影響を受けた西欧流の考え方に通じていると言えましょう。自然に対峙《たいじ》する西欧流考え方の象徴として、しばしば自然の脅威と戦う為の石造りの西洋家屋が挙げられる事からも肯《うなず》けます。然し福翁は自然を征服する為の科学文明が今日の人類の危機に繋《つな》がった事を予期していたでしょうか。尤《もっと》も福翁の心の働きなれば、この人類の危機も人間に対する天の意地悪き妨害行為であるとして、これに打ち勝つ為の緻密な防御策を提唱した事でしょう。何はともあれ、ギリシャ神話にプロメテウスが天上から火を盗んで来て人間に与えた為にゼウスの怒りに触れ、ヘラクレスに救い出されるまでの間、巨岩に鎖《くさり》で縛《しば》り付けられ、毎日ハゲタカに肝臓を喰われたと言う話がありますが、人類は今そのプロメテウス受難の時期にあるのでしょうか。強力な救世主ヘラクレスが一刻も早く現れて欲しいものです。

宗教の起こり

古代のギリシャやインドばかりでなく、殆どの原始社会で人間は自然界の猛威に恐れ慄《おのの》き、自然現象の背後に或る力が存在すると想像し、それを神格化して呪術《じゅじゅつ》的な儀式によって五穀豊穣《ほうじょう》や部族の繁栄を祈願したと考えられます。そしてその様な儀式から宗教や演劇が生まれたと言われております。原始社会の人々にとり、宗教の基盤にあったものは、神仏の加護を祈願し、それと引き換えに神仏の意に従い、善行を積むという事であったと思います。社会が進歩発展するに従って様々な形で布教活動がなされて特有のコミュニティが出来上がります。それが一つの宗教団体として活動して行く為には団体内の規律による統制は勿論、資金の工面や団体会員の教育等も必要になります。正規には宗教法人として主務官庁の認可を得て活動する事になります。

福翁の宗教観

福翁は宗教についてどの様に考えていたのか明確に記してはおりませんが、散見する所から察すれば宗教に対しては中庸《ちゅうよう》な立場を維持して居たのだと思います。福翁は宇宙の美麗、広大、緻密《ちみつ》微妙な構造に感嘆して茫然《ぼうぜん》とし、その広大無辺な有様を人は神の力、或いは如来《にょらい》の徳と言うが、それは至極《しごく》尤もであると認めながらも、自分としてはその神や如来を未だ知らないので、神とも如来とも明言出来ないと続けております。然し福翁は無神論者ではなかったと思います。福翁は宗教を否定してはおりません。「至善を求める心、道徳心、宗教心」の項で既に述べた処でありますが、福翁が言うには、金持ちが財を蓄《たくわ》えて益々之を蓄え、英雄豪傑が領地を広めて更に遠征し領土拡大を計《はか》る様に、人間は無形の精神道徳面でも絶えず向上を目指して最高善、至善《しぜん》に達しようとして止みません。釈迦、孔子、キリストの様な人はこの至善に達した聖人であり、その徳行《とくこう》に疑いを挟む余地はないのであります。人間はこの様な聖人達の記した聖書や経文《きょうもん》を初めとし、様々な書籍を読んで自分だけの向上心或いは想像力では足りない部分を補う必要があると勧めております。然しながら、すべての人が自分自身の力で最高善を思い描いて之に達する事が出来る訳ではありません。その様な人々が至善を極めた聖人高僧の徳教に聞き従う為にも、世の中に宗教が必要であると結んでおります。

また聖人達が俗人を教化《きょうか》するに当たり、例えば奇蹟の様に今日では信じられない事が記されているけれども、それは俗人を導く為の一つの方便、或いは比喩であるとしているのは流石《さすが》福翁流合理主義の極《きわ》みであります。本来の目的は、聖人達が達し得た最高善の知識によって思い描かれ、自分自身の上に実現した「円満の境遇」、つまり「神仏の功徳が遍《あまね》く及んでいる境遇」へ向かわせようとする方便であると言うのであります。俗人にはその境遇にまで達する事は無理と思えるので、先ずは自分の身に相応《ふさわ》しいだけの善行を積みながら、絶えず少しずつ向上する様に心掛ける外に道はないとしております。

また福翁は「疑心暗鬼《ぎしんあんき》を生ず」に対して「信心も亦霊怪を生ぜざるを得ず」と記しておりますす。疑いの心があると、様々な恐ろしい妄想《もうそう》が湧いて来る様に、極めて厚く信心していると、霊怪や神仏の姿を目にする事もあり得ると言うのであります。それを体験して堅く信じて人に語り伝える内に、他人もまたそれを信じて後世に残り、唯霊妙《ただれいみょう》不思議な奇蹟として多くの人に尊いものとして信仰される事になりますが、之を咎《とが》める必要など毛頭《もうとう》ないと加え、次の様に結んでおります。

宗祖何某《しゆうそなにがし》往生のとき紫雲《しうん》のたなびくを見たりと云い、又何某は天帝に接し如来に逢うて親しく教えを授かりたりと云うが如き、尋常一様の理屈より云えば唯一笑に付すべきに似たれども、今世の人にても碁将棋《ごしようぎ》に凝《こ》る者が睡眠の中に妙手《みようしゆ》を按じ出すことあり、又は詩人が夢中に名句を得て翌朝自ら驚くの例も少なからず。現に我輩《わがはい》とても文を草するに当たり、深夜執筆に労して机上に居眠りながら、ふと立言《りつげん》の要を得て独り自ら拍手快《かい》と称することなきに非ず。唯我輩は自ら自身を信ずること固きが故に之を霊夢《れいむ》神託《しんたく》などに帰するの奇を為さざるのみ。左れば古代の宗祖輩は想像最も高く信心最も厚く、一心一向殆ど盲信の境遇に達したる者なれば、時として天言をも聞き神人をも見たることならん。空想極まりて事実を摸《も》し出《いだ》したるものと云うべし。……天下後世そのままに疑わずして凡俗感化の用に供するは、毫《ごう》も妨《さまた》げなきのみか屈強の方便として視《み》るべきものなり。

福翁は俗人が善を求めて道徳心を向上させて行く処に宗教の役割を感じていた様です。自らは自分自身を固く信じて、宗教に対する中庸な姿勢を堅持したと言えます。こと宗教に関しても独立自尊の精神を徹頭徹尾《てつとうてつび》貫いたのであります。人が摩訶不思議《まかふしぎ》な奇蹟を尊信《そんしん》するからといって決して咎《とが》め立てするわけでなく、夫々の理由を合理的に分析しております。そして人の信教の自由を認めた上で、迷信や占い等に惑わされないように戒めております。家相、方位等に凝《こ》り、西洋医学の治療が手遅れとなって命を落とした富豪夫人の例を挙げ、之を無学の為に生じた人間最大の不幸と断じております。

宗教の善し悪し

さて信教の自由は憲法により保障されているのですが、今日でも宗教上の様々な問題に巻き込まれる人々が跡を絶ちません。新しい宗教団体が数多《あまた》生まれ出ている事も一つの原因と思いますが、入信に当たっては夫々が慎重に対処しなければなりません。その心構えの参考として少しばかり考えて見ましょう。

ケンブリジ大学の或る高名な生物学者だったと思いますが、嘗て新聞紙上で自分が無神論を唱える理由として宗教戦争の残酷さを挙げた事を憶《おぼ》えております。十一世紀から十三世紀にかけてヨーロッパのキリスト教徒とイスラム教徒の間に繰り広げられた十字軍戦争を初めとし、今日でも異なる宗教間の熾烈《しれつ》な争いが多くの市民を巻き込んでおります。宗教宗派のドグマは殆どが、特に一神教に著しいのですが、排他的で妥協を許しません。自分達の宗派こそ唯一絶対の真理の代表者であると云う意識に凝《こ》り固まっているので、何か争い事が起こればどちらも譲らず、どちらか一方が死滅するまで熾烈な戦いを繰り広げるのです。いっそ宗教というものなど無いほうが世界は平和になると思うのも無理からぬことです。

信仰は貧しい者を慰め、病める人、逆境にある人に勇気と力を与えます。然しこれについても異論を唱える人がおります。資本主義権力者達は、貧しい者、病める者、農民や労働者等、不満分子階層の人々に神の国の幸せを約束し、ひたすら来世を待ち望んで現世の不幸に耐え忍ぶ様に指導し、搾取《さくしゅ》行為に専念しているというのであります。何れにしましても宗教が様々な形で政治に利用されている事は否《いな》めません。又神憑《かみがか》りの行為による呪《まじな》いや民間療法等で、神仏への罪や汚れ・怨霊《おんりょう》の祟《たた》り等を祓《はら》うとか、病を治すといって暴利を貪《むさぼ》る悪徳教祖も跡を絶ちません。信仰のご利益《りやく》で病が癒えるという話をしばしば耳にしますが、冷静に考える必要があります。どの様な病気の治療にも心の平安が重要であることは医学の常識であります。信仰によって心の平安が保たれ、人間の身体に本来備わっている自然治癒力が高まり癒えるというのが実際でありましょう。信仰の功徳と言っても祈りや呪《まじな》いが利いたという訳ではないのです。ご利益は心の平安を得るという一点にある訳でそれから先、病が癒えるのは人体に生まれながらに備わっている自然の治癒力が働いたのだと考えるべきでしょう。現に写経、仏画、仏像彫刻や座禅、さらには好きな趣味などに励み没頭するうちに心の平安を得て、病も快方に向いたという話など多々あります。現代キリスト教実存主義の祖、キルケゴール（一八一三―五五）の言葉にある様に、人間は信仰の助けによって不安や不満、恐怖などから解放されて、心の平安を勝ち得るというのが、信仰の正しい姿ではないでしょうか。これに対し法外な金銭を要求するとなれば悪徳宗教と言うほかありません。神仏の名に惑《まど》わされて道を誤らない為には、前もって慎重に自衛の策を考えておく必要があります。福翁の宗教観に従って考えますと、穏当な宗教とは少なくとも次の四条件を満たす事になるでしょうか。

一　現世での政治的経済的権力或いは成功等を特に追及しない
二　資産・金銭等の寄付、偶像・物品等の買い取り等を決して強要しない
三　信仰の自由は勿論、家族をも含めて自分以外の者のあらゆる自由を束縛しない
四　神憑り行為による病気の平癒祈願、神仏・怨霊の祟りのお祓い等は行なわない（但し習慣行事になっている建築現場の地鎮祭の類を取り立てて咎め立てする必要はない）

病魔に襲われたなら

ハムレットは父である先王の亡霊から先王の死についての真相を告げられます。

だが待て、夜明けの気配が感じられる、
手短に話そう、わしがいつものように昼過ぎに
庭園で仮眠をとり、何の備えもないその時に、
そなたの叔父が、
おぞましいヘボナの毒汁の入った瓶を持ち、
秘かに忍び寄りわが耳に
その癩《らい》の毒汁を注《つ》ぎこんだのだ。これは
人間の血液中に恐ろしい拒絶反応を起すもので、
あらゆる管や筋《すじ》を水銀のようにいち早く
駆けめぐり五体の隅々にまで及ぶのだ、そして

まるで乳に酢をたらした様に、きれいに澄んで
健全な血液を、一瞬のうちに凝《こご》らせてしまうのだ。
わが血液もそうなってしまった。そして
わが滑らかな素肌は癩の病に冒された様に忽《たちま》ち腐《くさ》れ、
おぞましくも醜《みにく》い瘡蓋《かさぶた》に蔽《おお》われてしまったのだ。……
正にわが罪業《ざいごう》真っ盛りの最中《さなか》に命を絶たれ、
それを清めるいとまもなく、聖餐《せいさん》にも与らず、
赦免《しゃめん》も得られず、聖油も塗られず、
何ら黄泉《よみ》への旅立ちの用意のないままに、
裁きの庭にひきだされたのだ。
ああ、恐ろしや、ああ、恐ろしや！
なんという恐ろしいこと！
ここに記したせりふの四行目「そなたの叔父が」を「病魔が」と云う言葉に置き換えて見ますと、人が「何の備えもないその時に」病魔が、成人病を初めとし様々な病魔が、密かに人間の身体に忍び寄り病を引き起こし、その思いも掛けない結末へとどの様に進行していくかを物

語る警告のせりふとして読み取ることが出来ます。せりふに顕《あらわ》れている症状も、病気によって異なる様々な症状に読み換えることが出来ましょう。従いまして人は油断なく健康に気配《きくば》りし、バランスの良い食事、適度な運動、そして規則正しい日常生活を心掛け、病魔に毒汁を体の中に注《つ》ぎ込む隙《すき》を与えないという事が、予防医学の上ではまず大切な第一歩となる訳であります。福翁も之について誠に明快に述べており、それは今日の健康志向の人々にとっても大変に新鮮な響きをもつ言葉であります。

……人として自ら己の身の何物たるを知り、その物質を知りその構造組織を知りその運動作用を知るは至極大切なることにして、仮令《たと》い専門の学者たらざるも、銘々《めいめい》の身を護るが為に大概の心得はなくて叶わぬことなり。……人身の構造組織を示すは解剖学にして、その働きを説くものを生理学と云い、この身体を健康に保つの法を教うるは健全学（衛生学）なり。身体は骨を台にして之に附するに肉を以ってし、肉は即《すなわ》ち繊維にして糸の集まりたるものの如し。……血液の循環を司《つかさど》るものは心臓にして……血液の循環する間に、体中にある炭素に混じて不潔となり、その鮮紅色を失うて暗黒の色を帯びたるものが心臓に帰来すれば、更にこれを肺臓に押し出して呼吸する毎に空気に触れ、気中の酸素を引いて本の鮮紅に変ず。……呼吸と血液循環とは直接に離るべからざるの関係なれば、常に新鮮の空気を呼吸して不潔なる塵埃《じんあい》を避けるは、生力の本源たる血を汚《けが》すことなからんが為なり。……人の眠るときは呼吸の数少なくして体温自然に減ずるが故に、衣を厚くするの要あり。夜中蒲団《ふとん》を踏み抜き寝冷《ねび》えするは、単に夜の寒きが故にあらず、睡眠中体温の減じたる処に衣を薄くしたるが為なりと知るべし。皮膚の全面は微細なる穴ばかりにて、眼にこそ見えざれどもその趣は布の如く海綿《スポンジ》の如く又笊《ざる》の如くにして、日夜蒸発を司る。之を気孔《きこう》と云う。この気孔を閉塞《へいそく》するときは風邪、下痢等、種々様々の病根と為るが故に用心すべきことなり。例えば大いに労して発汗したるとき、俄《にわ》かに衣を脱いで涼風《りょうふう》に当たり、又は皮膚に垢付《あかつ》きたるを等閑《なおざり》にして入浴せざる等、何れも気孔を閉ざして蒸発を妨ぐるものなり。病後の人などが夜行夜露《よつゆ》に当たるは宜しからずと云う、その実は露が空より降るに非《あら》ず、唯夜の冷ややかなる為に俄かに気孔を収縮せしめて蒸発を妨ぐるが故に、病人に害あることなり。精神は脳に位して一切の知覚を司り、人身全体の運動その細大に論なく脳の命に従わざるはなし。脳は喩《たと》えば発電器の如く、之より発して全体中に縦横する神経は電線の如し。……左れば脳は人身の主宰《しゅさい》にして之を保護すること大切なるが故に、覆《おお》うに頭蓋骨を以ってして外傷を防ぐの備えを為すものなり。又人の心身は唯休息するのみを以って維持すべからず、常に心を用いざる者は愚と為り、常に身体を安逸にする者は虚弱に陥《おちい》るの約束なれば、運動奔走以って筋骨を役し、思案工風《くふう》以って脳を労して生気を養うと同時に、その労役の法を変化し又適宜に休息することも亦甚《またはなは》だ大切なり。その法一昼夜の二十四時間を三分して、八時間は眠り、八時間は労役し、残る八時間は飲食遊戯、自由自在の休息時間と定むべし。又その労役の八時間も、精神のみ労すべからず、筋肉のみ役すべからず、之を折半して四時間は心労し四時間は力役《りきえき》して適当なれども、人事繁多《はんた》の世の中にとても望むべきことに非《あら》ざれば、八時間打ち通しに精神を労したる人はその休息時間に専ら身体運動の快楽を求め、之に反して力役のみ打ち通したる人は休息時間に身体を静かにして心を楽しましむるの工風専一なり。……是式《これしき》のことを知れば とて固《これ》より実際の実用に大利益もなかるべしとは思えども、そもそも生理学の第一義に自らその身を知れとは凡《およ》そこの辺の意味にこそあれば、先ずその学問の方角を示して世人に入門の発心《ほっしん》を促すの微意《びい》のみ。方今《ほうこん》出版の生理書等は甚だ多し。之を読むは人生居家《きょか》の義務と云うも可なり。世間幾多の無学者流が、家計の豊かなるにも拘《かかわ》らず摂生法《せっせいほう》の無頓着よりして病に犯され、既に病床に臥しても医を選ぶの法を知らず、……更に生理病理の思想なきが故に、仮令《たと》い良医に逢うも明らかに容体を陳《の》るの法を知らず又医師の言を聞いてもその意を解すること能《あた》わず、空々寂々《くうくうじゃくじゃく》夢中に治療を受けて夢中に苦楽を訴え、生くる所以《ゆえん》を知らずして生き、死する所以を知らずして死するもの、比々《ひひ》皆是《こ》れなり。家道繁盛して家人は死す。畢竟《ひっきょう》学問を重んぜざるの結果と云うべきのみ。

正に健康保持対策をおおさおさ怠りなく努めるというのが基本であります。然しながら病気とか死、或いは老化や睡眠などはある程度まではともかく、一般には人間の意思ではどうにもならないものです。それ故不幸にして病を得てしまった場合は、医学的な検証のない呪術《じゅじゅつ》や占いの様な民間療法などに惑《まど》わされる事なく、いち早く今日の適切な先端医学の恩恵に浴する事が一番であります。それによって自分の意思を許される範囲まで反映させる事も出来ますから、後は静かに一切を天運に任せる気分にもなれると思います。大切な時に医を選ぶ事が出来ずに人間最大の不幸を招くのは、「無学の不幸」であると強く戒めている福翁の言葉を忘れてはなりません。

医者にかかる時の心得

福翁は医師にかかるには先ず自分の病状をしっかりと承知し、医師がどの様な治療を施してくれるのかを良く把握する事が大切であると述べております。今日で言うインフォームド・コンセントと言うことでしょう。

大工左官に普請《ふしん》を一任して家屋構造の趣向を知らず、弁護士に訴訟を依頼して法理上の理非を知らざるは、自ら自家の利害を知らざる者なり。故に病を医師に託するのみにして、自身は如何なる病症に苦しみつつあるやを知らず、如何なる療法を以ってこの病症を制しつつあるやを知らざるは、所謂《いわゆる》身躬《みみず》から自身を知らざるものにして、人生の恥辱と云うも可なり。然しながら又一方では所謂生兵法《いわゆるなまびょうほう》なるものを福翁は固く戒めております。自ら選んで医者に一身を任せた以上、本人は勿論のこと家族もその医者に全幅の信頼を寄せて治療を受けることが大切で、それでこそ医者も患者を信頼して医術の力量を思うがままに発揮できるというのであります。とかく医者の信頼性について口さがない人の多いなか、自分で選んだからにはその医者をとことん信頼するという事が、医者にかかるに際しての秘訣と言って差し支えないでしょう。今日では多くの医療機関で積極的に医療の実績を公開したり、セカンド・オピニオン等も取り入れておりますので、患者にとっては納得のいく病院・医師の選択が可能になっております。

不眠に悩むとき

眠りは安息であり生気を取り戻す天与の香《かぐわ》しい鎮静剤でありますが、眠りたい時に眠るとなると、食べたい時に食べる様に簡単ではありません。眠りたいのに眠れずに悩んでいる人が後を絶ちません。つまり身分や貧富の差に拘らず、人間は国王でさえも眠りを自由に制御《せいぎょ》できないという事です。先ず沙翁劇ヘンリィ四世第二部第三幕冒頭で王冠の重圧から眠れずに庶民を羨《うらや》む国王の独白を聞いてみましょう。

この時間にはわが国民のすべてが、いかに貧しくても、みな快い眠りについているであろう。おお、眠りよ、安らかな眠りよ、自然の優しい看護人よ、わたしがそなたをいつ怯《おび》えさせたというのか、そなたはもはやわたしの目蓋《まぶた》をそっと押し閉ざし、わが感覚を深い忘却のなかに安らかに沈めては呉れないのか？　眠りよ、そなたは煤《すす》けてむさ苦しいあばら屋の寝心地悪い藁のベッドでも、又ぶんぶんうるさい蚊の群れの中でさえ、長々とぐっすり体を横たえるというのに、どうして豪華な天蓋《てんがい》のもと、香を焚《た》き眠りを誘う妙《たえ》なる楽の音の流れる貴人の館を殊更に避けてしまうのか？　おお、心鈍《こころにぶ》い眠りの神よ、下賤《げせん》の身と汚《きたな》いベッドで安らかに憩いながら、何故に国王の臥所《ふしど》はまるで見張り所か、警鐘の鳴り止まぬ有様に棄ておくのか？　目も眩《くら》むばかりに高いマストの上に立ち、見張りをする水夫の目蓋《まぶた》にさえ眠気を誘い、吹きすさぶ嵐に逆巻《さかま》く怒濤《どとう》が雲を衝《つ》き、轟音《ごうおん》と共に雪崩《なだ》れ落ちて、死人をも目覚めさす程の荒海の響きもものかは、水夫の脳味噌はまるで揺り篭《かご》のなかというのに。ああ、不公平な眠りよ、水夫には荒海のなかに安らぎの憩いを与えていながら、このいとも静寂な夜に、しかも眠気を誘う方便に事欠かぬというのに、どうして国王にはそれを拒《こば》むというのか？　幸せなるかな身分の低い民草よ、よく眠るが良い。王冠を戴く身なれば頭は休まらないのか。

確かに天下国家を論ずるとなれば、身分の低い者は気楽であり、身分ある者にとっては枕を高くして眠ることもままならぬという事でしょう。然しながら身分の違いに拘らず人生には気苦労、悩みは付き物であります。又とりわけ悩み等がなくても、神経過敏であったり疲れ過ぎたりでも眠れないという事があります。それ故に身分を問わず、すべての人が不眠症に襲われるという訳です。

それでは不眠に苦しむ時どうすれば良いのでしょう。それには眠りというものの本体を知る事が大切だと思います。先ずヘンリィ四世のせりふから分かる事は、眠りが人の思うままにはならないもの、優しい自然の看護人が気の向くままに無償で授けて呉れるものであるという事であります。ただ眠りたいと焦《あせ》ってみても無駄という事です。そして眠りにつけば、感覚が深い忘却のなかに安らぐというのは、眠れば好い事も悪い事もすべて忘れてしまうという事で、眠りは心の傷を癒す香油、軟膏の働きをすることが分ります。又藁のベッドでも、蚊の群れのなかでもぐっすり眠り、高いマストの上で見張りをしていても眠気に襲われるというのは、肉体の疲労が眠りを誘うという事でしょうから、良く眠る為には適度な運動や労働などからの肉体疲労が必要であると分ります。最も偉大なローマ人詩人として知られる「ホーマーでさえ時にこっくり」(=弘法にも筆の誤り)とはこの辺りの事情から生まれた諺かも知れません。

序《ついで》ながら眠りの本体を別の視点から捉《とら》えてみる為に、二、三の諺を紹介しましょう。古代英語時代からのもので、ジョージ三世(治世一七六〇—一八二〇)が良く口にしたと言われておりますのは「男は六時間、女は七時間、愚か者は八時間眠る」です。眠り過ぎが良くないと言う諺は、この外にも多くあります。そして旅人は五時間、学者は七時間、商人は八時間、愚者は十一時間等と睡眠時間も様々です。男も女も日々七時間の睡眠を取るのが長生きの為に最も良いという統計上の研究報告もあるようです。然し九十六歳にしてなお現役で医療活動をしておられる高名な先生によれば、毎日四～五時間程の睡眠で、週に一度徹夜して執筆すると気分が良いというお話です。登山家として名高い女医さんのお話でも夜半前後の午後十時から午前二時迄の四時間だけ眠れば、人の健康に問題はないということです。そして良く言われているものに「真夜中前の一時間の睡眠は真夜中以後の三時間睡眠に価する」があります。これに類する諺も数多く、特に若い人々に注目して欲しい箴言《しんげん》であります。様々に考えてみますと、適切な睡眠時間というものは、余り神経質に考えずに人それぞれのライフスタイルに沿って、体調にあっていれば良いという事でしょうか。

眠りについて一通りの事を承知すれば、その本質に逆《さか》らわない様にしながら眠気がさすのを待つ気分になり、また自分流に色々と工夫する事も出来ると思います。お気に入りの詩を諳《そら》んじたり、歴史上の人物の足跡をたどったり、地図旅行をしたりと、現実から離れて楽しい思いを膨《ふく》らます事が良いと思います。雨降りの日が続くとぼやいていても始まりません。天気がままならぬなら、雨の日に合った楽しみが考えられましょう。眠れぬ夜こそゆとりの時とばかり、プラス志向に転じる事が出来れば、不眠症にもやがてゆとりが生まれるかも知れません。更に医師の処方に従って服用する事が必須《ひっす》の条件となりますが、今日では副作用の少ない睡眠薬も色々と提供されております。睡眠薬も不眠症に苦しむ人々にとり頼りになる味方と言って良いと思います。

セレンディピティ

人の一生に思いも掛けない幸運な発見がしばしば起こる事については既に触れました。それは突然であったり、また長い時間が経過してからであったりします。夢現《ゆめうつつ》のなか思いもかけず素晴らしい名句・妙案《みようあん》等が突然に浮かぶかと思えば、漆器・陶芸などの世界で作者が試行錯誤《さくご》の技法を重ねるうちに思いも掛けず素晴らしい工芸品が生まれ、また様々に研究模索するうちにノーベル賞受賞の研究業績に繋《つな》がったという実話もあります。

福翁はこれを「人心転変の機会」と題して述べております。

一旦豁然《かつぜん》として悟るとは仏者などの常に説く所にして、極悪《ごくあく》非道の大賊が一座の法話を漏聞《もれきき》して忽《たちま》ち菩提の心を生じたりと云うが如きは甚《はなは》だ珍しからず。人の心将《まさ》に動かんとするその瞬間に何か之を導くものあれば、恰《あたか》も火薬に火を点ずるが如くにして、善悪表裏を転覆《てんぷく》することならん。然るに他の一方より見れば、心機の転変斯《か》く急ならずして徐々に浸潤《しんじゆん》する間に、思わず知らずして思想の変化を致すの例も亦甚だ多し。是《これ》は最初無心にして偶然に門に入り、門内の風光を見て帰るを忘れ、遂にその家人と相親しむに至りしもの、如し。

「一旦豁然として悟る」という話に良く似た例がハムレットのせりふにも織り込まれているのは大変興味をそそります。話の目的がやや違いますので似て非なるものというべきかも知れません。ハムレットは父である先王の死をめぐり、叔父である現王に疑いを掛けていたのですが、折りしも宮廷に自分を訪ねてきた馴染《なじ》みの役者達の演技を見て感動して言ったのです。

よく聞く話だ、罪ある者が芝居をみて、舞台の真に迫った演技に心うたれ、たちまち犯した罪のいっさいを白状したということだ。人殺しの罪に口はないのだが、不思議なはたらきで、罪はいつかは現れるものだ。

こうしてハムレットは役者達一座に先王殺害そっくりの場面を現王の面前で上演させ、その反応を見ようという策に出たのであります。

他方、徐々に浸潤《しんじゅん》する様に心機一転する例として、福翁はさる大名が時計蒐集《しゅうしゅう》の趣味から何時しか西洋の事情に心を留め、遂に純然たる開国論者となり、国事多端《たたん》の折という事で閣老に任ぜられた話、また儒学生が古銭奇銭蒐集の趣味から同じ様に西洋事情に通じて、儒学の旧を脱し西洋文明主義者となった話等が紹介されております。福翁はこの様に長い時間をかけて知らず知らずのうちに思わぬ良い効果が顕《あらわ》れることに着目して、人を文明開化に導くにも正面を切って論破するというのでなく、裏にまわり人夫々の好みに合わせて近づき、次第に深入りして感化する法をとるのが良いと示唆しております。之は人を啓蒙《けいもう》する方策としてばかりでなく、相手方にとっても思いもかけない幸運な発見となる限り、つまりセレンディピティと言える限り、一般の世渡りの方策としても様々に役立てる事が出来ると思います。

八方ふさがりに強引は禁物

人は時にどうにもならない状況に陥る事があります。この様な時に状況打破の為にしゃにむに突き進んでも失敗する事が多いものです。イギリス王室の歴史で王位継承の問題が起こり、政情混乱の局面に陥った折、王位簒奪を果たす為に強引《ごういん》でしかも残忍な手段に訴えてまで、自らの苦境をがむしゃらに切り開いた悪名《あくみょう》高い国王が居ります。かけ離れた問題ではありますが、庶民の日常の問題についても何らかのヒントが得られると思います。

十五世紀半ば英仏百年戦争が終ると、イギリスでは王位の継承権をめぐり、ランカスター家とヨーク家の争いから内乱となり、三十年もの長い間の政情不安定な時代（一四五五―一四八五）に入りました。百年戦争の終局に、ヘンリィ六世がそれまでフランス国土に保有していたイギリスの支配地の殆どを失った事と、王室の華美に流れた腐敗と浪費に不満を抱く貴族達を後ろ盾に、ヨーク公が王位継承権を主張して立ち上がったのです。ヨーク家が白薔薇、ランカスター家が紅《あか》薔薇を紋章としたという事で、後代には薔薇戦争の名で知られる事になりました。沙翁の最初の四史劇、『ヘンリィ六世』の三部作と『リチャード三世』がこれを題材としております。ランカスター家のヘンリィ六世が身心両面で脆弱《ぜいじゃく》な国王であった為に、フランス生まれの気丈な王妃マーガレットとヨーク公が対決する戦となったのです。ヨーク公が一時は権力を掴《つか》んだものの一四六〇年一二月のウエィクフィールドの戦いに敗れて命を落としました。然しマーガレットの勝利は束の間で、ヨーク公の息子エドワードが翌年三月の血腥《ちなまぐさ》い戦いを制してヨーク家擁立の国王となりました。前置きが長くなりましたが、このエドワード四世に腹黒い弟、グロスター公リチャードが居たのです。沙翁劇ではリチャードは五体が満足でない為に、自分の醜《みにく》い容姿に心もゆがみ、徹底した悪党ぶりで王位簒奪を狙《ねら》うという設定になっております。

考えてもみろ、王冠を被《かぶ》るのがどんなに素晴らしいかを、

あの黄金《こがね》の環《わ》に囲まれて楽園があるのだ、
詩人たちの思い描く至福と歓びが悉くあるのだ。
・……
わたしはまるで茨の森に迷い込んだ男のようだ、
茨をへし折り、茨の棘《とげ》に引き裂かれながら、
道を求めてその道からはずれ、
どう行ったら明るい所に出られるのか、
それも分らずにただ無鉄砲にもがき、
イギリスの王冠を掴もうと苦しんでいる。（八方ふさがりである）
今この苦しみから脱け出してやる。
流血の斧《おの》を振るっても、道を切り開くのだ。
そう、わたしは微笑《ほほえ》みながら人も殺せる、
胸に悲しみを秘めて「嬉しい」と叫び、
空涙《そらなみだ》で頬を濡らすことも出来る、
時に応じていつでも顔つきを変えられる。

……色を変えることならカメレオンより上だ、
形を変えることなら海の神にも負けない、
残忍さならマキャヴェリにさえ教えてやれる。
これができるわたしに、王冠を手に入れることが出来ないというのか。
とんでもない、どんなに遠くであろうと、引ったくってでも手にいれてやる。

こうしてリチャードは望み通りに一四八三年の七月六日、遂に王冠を手にしたのですが、手段を選ばずに誹謗《ひぼう》術策を弄《ろう》し、がむしゃらに突き進み、自分の王位安定の為には残忍そのものでした。リチャードにとって王位継承の妨げとなる者は、すぐ上の兄を初めエドワード四世の幼い二人の王子までも悉く、早晩容赦なく死に追いやったのであります。その悪業《あくごう》の結果は僅か二年程の三日天下で一四八五年八月二二日、ボズワースの戦いでランカスター家唯一人の希望の星リッチモンド伯に倒されたのであります。その最期、乗馬は倒れ徒歩《かち》で辺り構わず、がむしゃらに切りまくり、「馬だ、馬を持って来い、国は遣《や》るから馬を寄越《よこ》せ!」と叫んだリチャードの姿に、その空しかった人生が凝縮されております。

後日談を付け加えれば、リッチモンド伯はヘンリィ七世として王位に即き、ヨーク家のエドワード四世の王女エリザベスを娶《めと》り、白薔薇と紅薔薇の和解結合を果たし、両王家の王位継承者としてチューダー王朝の祖となったのであります。内乱に疲弊《ひへい》し切って平和を待ち望んでいた貴族達にもはや異を唱える者もなく、貴族支配の封建制の終焉《しゅうえん》となりました。そして沙翁の時代、ヘンリィ七世の孫娘に当たるエリザベス一世の治世下には、確固とした中央集権国家が実現していたのであります。日本ではほぼ四百年程遅れて、幕末の内乱の後に、封建武士社会から中央集権国家へと脱皮移行して行った事になります。

時を待つ値打ち

八方ふさがりのなかで、落ち着いて時が熟するのを待てるかどうかが、人の値打《ねう》ちを決めるのだと思います。木枯らしの吹く冬、辺りが寒気に閉ざされて、松や粗樫《あらかし》が初めて常緑の価値を顕《あらわ》す様子に似ております。沙翁劇『冬物語』の王妃ハーマイオニが、嫉妬に狂った夫リオンティーズ王から密通の疑いを掛けられ、八方ふさがりになっても、恨みの一言も口にせず冷静に待つ姿は爽《さわ》やかです。

何か悪い星が支配している様子、天体の位置が改まり、もっと良い運勢が開けるまで、私は耐えねばなりません。皆様私はこういう時に女が普通に見せる涙を流そうとは思いません。――けれどこの胸には誉れたかい悲しみが宿っております、それは涙では流しきれない程のものでございます。皆様にお願いいたします、どうか皆様の慈悲のお心が導くままに、分別をもって私をご判断下さい、そのうえで、陛下のお心のままに従いましょう！

これは自ら清浄無垢《しょうじょうむく》であればこそ取り得る毅然《きぜん》とした姿勢であります。潔癖さ故にハーマイオニは十六年余りの長い歳月を、侍女であるポーライナが密かに準備してくれた隠れ家《が》に篭《こも》り、時を待つことが出来たと言えましょう。その苛酷な試練にひたすら耐えた事から、夫リオンティーズの妄想も心底《しんそこ》からの懺悔《ざんげ》に洗い流されて、感動的な奇蹟を呼び至福の再会が果たされるという沙翁の趣向《しゅこう》が生きて来るのであります。

人はまた自ら立てた計画や方針の欠陥から、八方ふさがりに陥る事も多いのです。この様な時に、ただ棚ぼた式に時を待っても、空しい結果に終るばかりです。沙翁劇『ヘンリィ四世』第二部の一節を引用しましょう。叛乱軍指揮官の作戦会談での言葉で、この場には相応しくない憾《うら》みがありますが、真理を衝《つ》いた言葉であります。

現在の戦局が、もし単なる希望、たとえば早春に膨《ふく》らむ蕾《つぼみ》を見て、それが必ず秋の実りを約束すると思うようなものであれば、それは儚《はかな》い希望で何の保証にもならないのだ、いつ霜の餌食《えじき》と消えるか分らないのだからな。さらに家を建てるとなれば、まず敷地を測量して、つぎに設計図を描くことだ、設計が出来上れば建築費を計算し、もし手にあまる額となれば設計の遣《や》り直しをするしかあるまい、部屋数を減《へ》らしたり、場合によっては建築そのものを断念する事にもなろう。……それをしなければ数字だけの紙上の作戦に過ぎない……身分不相応な家を設計し、工事半ばで建築を放棄すれば、建ち掛けの家は風雨に曝《さら》され、冬の猛威に打ち砕かれるのが落ちというものだ。

蛇足ながら日本の戦国時代末期に天下取りに懸《か》けた織田、豊臣、徳川の三人の武将についての様々なエピソードを勘案すると、ここに引用したせりふは一体誰の言葉とするのが一番相応《ふさわ》しいでしょうか、考えて見るのも一興でしょう。

八方ふさがりの世をどう生きるか

一個人の問題としてではなく、今の世の中全体が八方ふさがりの状態に陥《おちい》っている様に思えてなりません。悲惨な事件が毎日のように報道されており、嘗《かつ》ては世界で一番安全な国と言われていた日本も、今や子供達だけで安全に通学したり遊んだり出来る所がなくなってしまいました。大人でさえ突然暴漢に襲われないとは限りません。何処に行っても身の危険に怯《おび》えて暮らさなければならないと言ったら言い過ぎでしょうか。凶悪犯罪を少しでも減《へ》らしたいと誰しも願っておりますが、なかなか有効な手立てが見付かりません。安定した人間社会の形成には政治的経済的政策の配慮が先ず必要なことは言うまでもありません。然しもっと根底にある問題として人々がそれぞれの個を認め合い大切にしながらも、互いにもっと信頼し合える、もっと親密に結ばれている集合体の形成ということが考えられるべきではないでしょうか。文明は人々に様々な恩恵を齎《もたら》したのですが、同時に人間を傲慢《ごうまん》にした憾《うら》みがあります。その結果人間社会はバラバラ状態で、人々は以前よりも互いに疎外《そがい》されてしまいました。この傾向は益々加速されております。今こそ人それぞれが文明の進歩に相応《ふさわ》しい道徳観を養う必要があるのだと思います。

福翁は田舎で都会よりも犯罪が少ないのは、田舎暮らしという特別な環境の所為《せい》であると述べております。そして若し人々が知識を高めて先ず第一に文明の進歩に見合うだけの道徳心を養うことが出来るならば、またそれに加えて交通・情報機関等を活用して田舎に見られる様な親密な環境が作り出せるものならば、醜悪《しゅうあく》な行為を追放するのに大いに役立つ筈であると結んでおります。

さて田舎の人が何故《なにゆえ》に律儀《りちぎ》正直なるやと尋るに、第一その地方の生活簡略質素にして人慾《じんよく》を誘《いざな》うもの少なきと同時に、その社会の範囲甚《はなは》だ狭くして一言一行《いちごんいっこう》の微《び》も忽ち郷党《きょうとう》の知る所と為り、……その報告の速やかにして明細なるは之を掌《たなごころ》に指《ゆび》さすが如し。而《しこう》して善を善とし悪を悪とするは人生自然の本心にして、苟《いやしく》も人の不埒《ふらち》を許さず、四方八方恰《あたか》も警察の如くなるが故に、斯かる社会に居て悪事を働かんとすれば忽ち人に見捨てられて身を置くの余地なし。是即《これすなわ》ち田舎者の割合に正直なる所以《ゆえん》なれども、この正直者が一旦都会に出《いず》れば、千門《せんもん》万戸《ばんこ》見ず知らずの他人にしてその耳目《にもく》を遁《のが》るゝこと易きのみならず、次第に住み慣るゝに従いて次第に胆力を増大し、仮令《たと》い世間の指す所と為るも所謂《いわゆる》旅の恥はかきすての度胸を定めて、意外の奇悪を演じながら恬《てん》として恥じざるもの多し。我輩は是を評して田舎者が都下の悪風に誘惑せられたりとのみ云わずして、寧《むし》ろ彼等の生来を露《あら》わしたる本色なりとする者なり。左れば都鄙《とひ》共に人の善悪は大抵同一様にして、之を田舎に置けば善なりと定まりたる上は、人間社会を概して田舎の如く又小児の如くしては如何との説あり。……我輩は更に一歩を進め人情の素朴など云う消極の徳論を云わずして、唯真《ただま》一文字《いちもんじ》に人の知識を推進し、智極《きわ》まりて醜悪の運動を制せんと欲するものなり。……文明進歩の実際に戻《もど》らずして徳行の進歩も亦これに伴うべし。之を第一の根本として、手近き手段は社会交通の道に心を用い、……郵便、電信、電話等は勿論、著書、新聞紙の発行を自由にしてその頒布《はんぷ》を速やかにし、苟《いやしく》も社会に生じたる千差万別の事物を洩《も》らさず、人間の居家《きょか》処世、一言一行の微も風教に妨《さまた》げなき限りは之を報道して遠近の耳目に触れしめ、その察々の明恰《めいあたか》も片田舎の村民が村中の出来事を知るが如くならしむるは、正しく醜悪運動の余地を縮小するの法にして必ず有力なるべし。

この様に親密な社会では悪い事をすれば身の置き所がなくなるというばかりではありません。様々な人達の親密な間柄から、互いに人間味溢れる信頼感が生まれて来る筈です。人々が困難な状況に直面した時、一番大切なのは身近に信頼できる人が居るという事であります。身近に信頼できる親密な人が居ればどんなにか心強い事でしょう。そして絶望の淵から或いは悪の道から立ち直る勇気と力も湧いて来る筈です。親密な社会が望まれる所以であります。

国際情勢についても状況は大同小異であります。福翁も夙《つと》に之を指摘しております。四《し》海兄弟《かいけいてい》、一視《いっし》同仁《どうじん》は唯口《ただくち》に言うのみにして実際は正しく之に反し、生存競争の世に国を立てゝ頼む所は唯硝鉄のみとて、海陸の軍備に全力を注ぎ各国相対して唯後《ただおく》れんことを恐るゝは正に今日の事実にして、実に止むを得ざる次第なれども、その軍備の進歩は何れの辺に達して止むべきや。このまゝにして年々歳々唯進むの一方ならんには、遂には人間世界の衣食住を挙げて喧嘩争闘の資に供し、世々子孫喧嘩の為に生まれ喧嘩の為に働き喧嘩の為に死することゝ為り、人の智愚器械の精粗こそ異なれ、同類相殺し相食《あいは》むの事実は恰《あたか》も往古の蛮族に等しき奇観を呈するに至るべし。是亦《これまた》文明進歩の約束に行くべからざるの道にして、世界諸強国の形勢も冷眼看来《みきた》れば唯一笑に附すべきのみ。〔四海兄弟＝世界の人は皆兄弟。一視同仁＝すべての人を平等に愛する〕

福翁はこの様に国際間の軍拡競争に早くから警告を発していたのですが、今日では核保有の為に一層熾烈《しれつ》な競争が行われております。数日前に北朝鮮が地下核実験の実施を宣言し、世界に衝撃を与えたばかりであります（二〇〇六年十月九日）。核兵器の拡散防止条約ばかりか、国連の制裁決議議長声明をも無視したもので、当然ながら国際平和と安定に対する重大な脅威と世界の非難を浴びております。これに触発されてアジア地域の外の国々が直ちに核武装に踏み切るとは思えませんが、その可能性が全く無いとは言い切れないでしょう。

核保有には膨大《ぼうだい》な費用が伴い、従来の軍拡競争の比でない事は誰の眼にも明らかであります。それこそ福翁の言う様な愚かな人生を世界中の人が歩む事になりましょう。既にイスラエルとパレスチナの因縁《いんねん》の争闘は言うまでもなく、片手間に数えるだけでもイラク、アフガニスタン、レバノン、スリランカと、世界の至る所で紛争や内乱が絶えません。軍拡競争は世界を一層不安定にするばかりである事に思いを致し、ひたすら世界平和の道を探りたいものです。自然を大切に思い、環境問題や動植物・鳥類の保護等についての国際的研究を活発にしたり、貧しい国々に援助の手を差し延べたりと、多方面での国際協力が可能であります。また一方では夫々の国々に根ざした独特の文化・芸術・スポーツ等の交流を盛んにするなど、互いに信頼できる親密な国際社会を構築して行くうえで、大いに役立つ手段となりましょう。

未来に絶対の美を期待する福翁の理想郷

福翁は現代社会で人間が為し得る事柄に絶対の美はないと言っております。現代社会で人間の手に為る業《わざ》はすべて不完全であるという訳です。然しこれは文明の進歩が未だ初期の段階にあるからで、何れ文明開化が円熟完成期に達した暁《あかつき》には、人間界のあらゆる事柄について、真理が究明され、美しい、善い、完全な仕事が人間の手で為し遂げられる理想郷が出現すると示唆しております。プラトン主義を敷衍《ふえん》援用《えんよう》すれば、ここに云う理想郷とは「真・善・美」の一致した地上楽園と考えられます。完璧に善いもの、美しいものを追求した結果手に入れた真理は、善いものであり美しい、そういう世界であります。

福翁の説く未来の理想郷では天の業《わざ》と人間の業が一致合体して、人事のすべてが満ち足りて欠けた所が全く無い、所謂「円満の境遇」が現実となるというのであります。日々之を信じて暮らすならば、八方ふさがりの現代を生き抜く為にも希望が湧き、大いに役立つと思います。それには福翁流の発想に倣《なら》うのが一番です。福翁は文明の開化を徹底して肯定的に、プラス志向に捉《とら》えております。例えば「現代の先端医学を以ってしても人間の頭脳の働きが未だ充分に解明されていない」という様にマイナス志向に考えるのではなく、「未だ発達の初期段階にある現代の医学でさえ、人間の頭脳の働きのかなりの部分まで解明出来るのであるから、将来が大いに期待される」と云う具合に考えるのです。文明開化の道はまだまだ発達の途上であり、今後幾百年、幾千年と際限なく完成期に向かって進んで行くという考えが基本となっております。

世界の人事に絶対の美なしと雖《いえど》も、唯今日の人文に於いて然るのみ。千万年後の絶美は我輩の確かに期する所にして、その道筋の順序は先ず器械的に有形の物理を知るに在り。物理を究めて歩々《ほほ》天工の領分中に侵入し、その秘密を摘発しその真理原則を叩き、之を叩き尽くして遺《のこ》す所なく、恰も宇宙を将《い》て（＝手中に収めて）我手中の物と為すの日あるべし。即ち天人合体の日にして、この境遇に達するときは人間世界に無形の人事なるものなく、事あれば必ずその事の原因に非ざれば感応《かんのう》たるべき物の形を現し、両者相互いに直接すること影の形に於けるが如くにして、遂には人心の正邪清濁、喜怒哀楽の情感にいたるまでも五官の能《よ》く達する所と為るべし。……是れより一歩を進めて医学の区域に入れば見るべきもの少なからず。例えば細菌学の如きは、古人が単に生理変常の病として漠然看過《かんか》したる無形の事を、細菌なる有形物に直接せしめてその関係を明らかにし、尚お次第にその進路に進まんとするものなり。又精神病学に於いても、精神百般の病症を診察しその実質に照応する中枢の処を究めんとして手段に手段を尽くし、今日までの進歩にてはその有形物の位する所は脳膜の辺にある細胞なるが如しとて、百中二、三の実跡は既に医学の手中に帰したりと云えば、今後も亦唯進むの一方あるのみ。……医学にして斯くの如くなれば人間万事斯くの如くならざるを得ず。……人文未開の今世に立言《りつげん》すればこそ奇なるに似たれども、学者若し深遠の思想あらば独り百千万年の後を画くべし。人間世界の有形無形、一切万般を物理学中に包羅《ほうら》して、光明遍照《へんじょう》、一目瞭然《りょうぜん》、恰も今世の暗黒を変じて白昼に逢うの観あるや疑うべからず。故に今日の物理学の不完全なるもその研究は正しく人間絶対の美に進むの順路なれば、学者一日の勉強一物の発明も我輩は絶対に賛成して他念なき者なり。

この様に天人合体の日を期待する福翁の論理は実に合理的であり明快であります。福翁は前途に望みを託する時、荒唐無稽《こうとうむけい》な空想を排《はい》し、既成の事実を前提として論を進めておりますから、広く一般の人にも納得《なつとく》が行くと思います。「斯く斯くの医学の実績に照らして、然々《しかじか》の新しい実績が生まれる筈」とか、「既に孔子やニュウトンを輩出した人間界ならば、後世にも孔子やニュウトンの様に傑出した人物が何人も生まれ出るであろう」と言う論法です。

世の中には、特に形而上《けいいじじよう》の世界では、眼には見えないけれどもその実在を感得できる場合が確かにありましょう。然し俗人にとっては神仏或いは天国や極楽を信ずる為には、或る種の論理の飛躍を強いられる気分になります。形而上の論理に事寄《ことよ》せてすべてを処理しようとしても、一般の人々にはなかなか納得が行かないのであります。その点、福翁の説く地上楽園の論理は平易明快であり誰にも理解し易いのではないでしょうか。

人間社会に嘗《かつ》て無きことを画くは空想なれども、その既に見聞したるものに徴《ちよう》するときは之を争うべからず。以上の道理を会心《かいしん》して爰《ここ》に人に就いて云わんに、孔子は道徳の聖人、ニュウトンは物理の聖人なり。……二聖共に一方に偏して二様を兼ねざりしが為に、尚お不完全の名は免れずと雖《いえど》も、開闢《かいびやく》以来既にこの種の英物《えいぶつ》を出したりとすれば、人間の達すべき智徳の標準は由って以って知るべし。喩《たと》えば後世、丈け八尺の馬を造り出さんと云うは空想なれども、アラビヤ馬の種《たね》には既に五尺何寸のものを出したるが故に、五尺何寸は馬の達すべき標準なりとして妨《さまた》げなきが如し。左れば天下後世孔子を出しニュウトンを生ずるは誠に容易なることにして、……現に今日に於いても、……幾多の孔子、幾多のニュウトンあるべきは疑いを容れず。……人間社会の進歩無窮《むきゅう》にして地球の寿命永遠の約束なれば、進歩又進歩、改良又改良のその中には、智徳兼備の聖人を見ること易《やす》きのみならず、群聖輩出、その極度を想像すれば満世界の人みな七十歳の孔子にニュウトンの知識を兼ね、人生の幸福、社会の円満、殆ど今人の絵にも画くべからざるの境遇に達することあるべし。即《すなわ》ち是れ黄金世界の時代なり。畢竟《ひっきょう》するに我輩の云う黄金世界は空想にあらず、単に過去に証して将来を前言するまでのことにして、前途の望みは洋々春の海の如し。誰かこの世を澆季《きょうき》（＝末世）と云う。東西の方角に迷い朝暮の時刻を誤り、旭日の昇るを見て夕陽《せきよう》の沈むものと認むるに等しきのみ。

宇宙の神秘に身を委ねる

視点を変えて、沙翁劇の人物の中で最も良く知られているデンマークの王子ハムレットが、長い苦難と煩悶《はんもん》の後に漸《ようや》く到達し得た人生終末の心境についても考えて見ましょう。キリスト教文化を土壌とするヨーロッパに於いて、人々はどの様にして人生の苦難を乗り越えて来たのか、一つの典型が示されていると思っております。人間が八方ふさがりの世の中にあって、苦難に動じないで平然と生きて行く為には、先ず第一に人間の限界を知ることが原点となります。人間は理性のみに頼らず大自然の神秘を畏《おそ》れ、人間の弱さ脆《もろ》さを認識して宇宙の神秘に身を委ねるしかないと悟るのです。沙翁よりもほぼ一世代ほど先輩にあたるフランスの文人モンテーニュ（一五三三―九二）も親友や父親、兄弟やわが子等の死に直面したこともあり、早くより苦痛や死にどう対処すべきかと絶えず思索《しさく》に耽《ふけ》りました。そして人間は対象物に対する判断の視点を変えることで、物の価値も変えられると云う考え方から、ギリシャのストア派哲学流に貧困や苦痛、そして死でさえも価値あるものと見たのです。又理性だけで真理と幸福を勝ち取る事が出来ると考えていた哲人達に異《い》を唱え、真理は神への信仰の助けに依ってのみ知り得るものであり、人智はその為に活用されるべきであると主張したのです。彼の懐疑の銘として知られる〈クセジュ〉（私は何を知っているのか）は人智の限界を認識することの大切さを示唆《しさ》していると考えられる訳です。

困難に打ち勝つ為には、困難をありのままに受け容れるしかありません。これこそが脆弱《ぜいじゃく》な人間が生きのびて来たエネルギィの根源であると思います。この様な思いがシェイクスピアの名作『ハムレット』にも暗示されております。既に「死出の旅はたった独り」の項で触れましたが、終幕窮地《きゅうち》に立たされた主人公ハムレットは一種の諦観《ていかん》から達観の域に入ったように思えるのです。言うなれば宇宙的決定論に傾いているというのでしょうか。つまり自然界、人間界の出来事はみな自然の摂理に従って生まれ消えて行くことを素直に受け容れて、与えられた今を力の限り有意義に生き、あとは沈黙と静寂、一切を運命に委ねるという心境であります。四季折々の自然の神秘、すべての生き物たちの生命の神秘を思う時、ハムレットならずとも、誰しも同じ様な感慨《かんがい》に浸《ひた》るのではないでしょうか。自然淘汰《とうた》の厳しい現実に曝《さら》されて、環境に柔軟に適応して来た生命力、なかでも人間の脆弱ながら執拗《しつよう》に生き延びてきた力には千万無量《せんまんむりょう》の感があります。

サー・トマス　モアのユートゥピア

プラトンが哲学者の統治する理想国家の構想を述べて以来今日に到るまで、凡そ二四〇〇年の長い間、人間は様々に地上の楽園を思い描いて来ました。なかでもモンテーニュにまるで取って代わられる様に世を去ったイギリス人ヒューマニスト、サー・トマス　モア（一四七八—一五三五）の描いた理想郷、ユートゥピアは最も有名であります。二部作で一五一五年にラテン語で第二部から書き始められて翌年に完成、一五五一年には英訳されました。その後四五〇年程の間に、モアの描いた理想の幾つかは実際の政治にも生かされて来たと言われておりまず。又政治哲学論として或いは小説等の文学作品として、モア以後にもイギリスでは多くの文人達がユートゥピア論を取り上げて来ました。例えば先ず沙翁の同時代人F・ベーコンの『ニュー・アトランティス』があります。少し下って、専制政治に理想を求めたT・ホッブズの『リヴァイアサン』があります。ホッブズは沙翁と同年生まれのガリレオやデカルトとの交遊があり、学問上は特にガリレオに負う所が多かった人物と言われております。三者ともに機械論的自然観に立っております。又フランス革命や産業革命等に誘発されて地上楽園論が起こり、R・サウジィやS・T・コウルリッジの万民平等の理想郷論が出ました。更に一九世紀末から二十世紀初頭に活躍し、社会小説の分野を開拓し初めて世界国家論を提唱したことで知られるH・G・ウエルズ（一八六六―一九四六）の『モダン・ユートゥピア』があります。これは日本のサムライの様な市民を社会の中枢に、国際的な知的理想郷を提唱したことで注目に値しますが、当時のイギリス社会主義運動や近代劇運動の中核となって活動していたG・B・ショー（一八五六―一九五〇）から冷評される結果となりました。

モアの考えたユートゥピアには果してどの様な先見性があったのでしょうか。作品は説話形式で始まります。作品が書かれた時は既にヘンリィ八世の治世となっておりますが、作品の時代設定はかの薔薇戦争を終結させてチューダー王朝の祖となったヘンリィ七世の治世ということであります。イタリア人航海者アメリーゴ　ヴェスプッチ（一四五一―一五一二）に同行して、アメリカ大陸の探検（一五〇〇―〇一）をしたという架空の一水夫と言うよりはラテン語をも操り、国政の中枢にあって然るべき程の知識を備えた航海士、ラファエル・ヒスロディが、その途上西半球の大洋にユートゥピアなる島を発見したと云うのです。モアはアント・ワープ滞在中に知り合った市の名士、ピーター・ジャイルからヒスロディを紹介され、二人でその話を聞くという訳です。

第一部ではヒスロディがイングランドに来て、モアが幼年期に後見を受けたカンタベリィ大司教ジョン　モートンと会見してイングランドの社会改革について意見を述べます。モートンはヘンリィ七世の信任に厚い大法官でもあったからです。ヒスロディが提案した事柄には、盗みに対する死刑の廃止がありますが、死刑があれば犯人は罪の発覚を恐れて口封じの為に殺人罪を犯す結果となり、凶悪犯罪はあとを断たないという発想であります。今日でも死刑を恐れて凶悪犯が減るのか増えるのか、意見の分かれる処であります。その外ギャンブルの廃止、羊毛生産依存度割合の軽減、傭兵《ようへい》の廃止、すべての物品の価格引き下げ、富豪による公有地の囲い込み（エンクロージャー）廃止等があります。モアはこの様にしてヘンリィ七世治世の経済問題を指摘して、第二部で取り上げる理想郷に備えた訳です。

第二部でヒスロディの語る架空のユートゥピアは、外敵の侵入を防ぐ為に水路で周囲から隔離された島になっている事が分ります。島は新月のような形状で五十四の州に分かれて、夫々に何処からでも徒歩で一日位の所に州都があります。首都には元首がおり、名目上の島の支配者となっております。ユートゥピアの政府は小さな組織で主に年長者達が政務に携《たずさわ》っております。三十家族で一つのグループとなり、毎年の選挙で選ばれる者が家族長として夫々のグループを統率します。さらに大きなグループの中から島全体の会議の委員一人が選ばれ、島の全体会議で元首が選出されるのです。元首は独裁などの廉《かど》で退位させられない限り、生涯の在位となります。会議は三日毎に、必要とあればもっと頻繁に開かれて島民にとり重要な事柄が審議されますが、誤審を避ける為に即日の結審はしない事になっております。

島民はすべて仕事を持ち、午前と午後に三時間ずつ、一日六時間の労働をする事になっております。特別に優れた技能を持っている者は、選ばれて学校での教育や訓練の業務に携ることになります。

又すべての人は自分の住む町を離れて二年間農業に従事する義務があります。誰もが働きますから国は充分な食糧と生活必需品に恵まれるわけです。これは福翁の言葉、「銘々《めいめい》に家業を勉《つと》めて先ず一家の独立を成し、細々《さいさい》の独立相集まりて一国の富源と為《な》るの経済法を忘るべからず」を地で行っていると言えましょう。

宝石等は子供達の遊具に、金銀は尿瓶《しびん》や奴隷を縛《しば》る鎖や罪人の烙印《らくいん》に使われたので珍重《ちんちょう》する者は無く、人よりも物持ちになりたいと思う人も居らず、すべては共同体で共有され、管理されるのです。暴力、殺戮《さつりく》、その他の悪事等に無縁の社会であります。殺戮行為は人を堕落させるので、家畜の屠殺《とさつ》等は専ら奴隷の仕事となっております。

人々はリクリエーションの為に庭仕事や家の改修に汗し、又音楽を楽しんだり談笑したりするのです。病人は夫々の都市にある広々とした病院で治療を受けます。回復不可能な重病人は聖職者の付き添いの許《もと》に、当局の処方に従って安楽死を選びます。食事はグループの妻達の指示の下に奴隷達が準備し、五歳未満の子供以外は食堂で談笑しながら会食するのが慣わしとなっております。

罪人の刑に死刑はなく、みな奴隷とされます。不倫、姦淫《かんいん》の刑罰も奴隷刑です。恋愛は推奨されますが、相手の選択には慎重でなければなりません。結婚には男子は二十二歳、女子は十八歳に達していなければなりません。ユートゥピア国家の基本単位が家族であり、家族の繁栄が国家の繁栄に繋がりますから、人々は皆家族の繁栄と共に国の繁栄を強く願っております。国の財力で外敵を買収し外国人を傭兵《ようへい》として、潜在的な外敵同士が互いに戦うように仕向けて軍閥の跋扈《ばっこ》を禁止しております。

ユートゥピアの住民にとって無神論はタブーですが、宗教は寛大で排他的ではないものでした。これは当時のカトリック・チューダー王朝のイギリスでは全く考えられない事でした。今日の世界の宗教家達にも、宗教上の熾烈《しれつ》な紛争を避ける為に是非とも解決して欲しい課題であります。

モアのユートゥピア論には、今日でも理想的な人間社会の形成を考える場合に生かされ得る事柄があることは確かであります。そしてモア以来様々に試みられて来た事も事実であります。又幾度か挫折を経験したことから、欠陥社会（＝反理想郷：ディストゥピア）についての論文や文学作品等も出版されて来ました。

ミルトンの失楽園

モアのユートゥピアに対峙《たいじ》するディストゥピアと言えば、百五十年程の時を経てから出版されたJ・ミルトン（一六〇八―七四）の古典的な名著『失楽園』（一六六七）があります。聖書に題材をとり全十二巻に及ぶ叙事詩の壮大な傑作であります。ミルトンの清教主義的な生涯が強く反映され、神学的色彩が濃過《こす》ぎる憾《うら》みはありますが、描かれている人間の苦悩の発端《ほったん》は、正に原罪に基づくディストゥピアへの転落であります。キリスト教の視点からディストゥピアの淵源《えんげん》を探り、ディストゥピアの中に在りながらも、限られた幸福への道を辿る縁《よすが》にもなればと、ここにあらましを紹介しておきましょう。

天軍の星のなか、いとど輝けるもの、ルーシファ（「イザヤ書」一四・一二）と呼ばれ、心技体とも衆を圧して数万の天使を統率し、部下を愛し美を愛《め》でていた大天使が、やがて傲慢《ごうまん》になり神に謀反《むほん》を企て、嘗ての壮麗優美な姿を失い永遠の滅亡に入る物語であります。

謀反に破れたルーシファは今やサタンの名で呼ばれ味方の軍勢もろとも地獄に堕《お》とされ、燃え滾《たぎ》る湖に九日の間留まります。燃え盛る奈落の底で目覚めたサタンは、復讐を誓い全軍を地獄に召集して閲兵し、復讐の遂行には戦争に依らず、欺瞞と誘惑を以って当たろうと決心します。マルシベルの指揮の下で壮大な宮殿、万魔殿《ばんまでん》を建設して参謀会議を開き、如何なる作戦に出るかを諮《はか》ります。会戦を主張する者、いや地獄に堕《お》ちたままで怠惰な暮らしを送るのが良いと言う者等色々居りましたが、平和裡《り》に地獄を改善して天国に劣らぬ栄華を極めるのが良いと言うマモンの提案が採決されます。所がサタンに次いで第二の権力の座に在る堕天使ビエルゼバブが言うには、神は新たに大地を創造し人間という生き物を其処に住まわせているというのです。そこで先程の採決は取り消され、この新しく造られた大地を踏査し、奪い取り、その住民を堕天使、つまり堕落した天使達の味方にするのが良いという、ビエルゼバブの案に衆議一決となる訳です。

サタンは自ら大地に行ってその有様を調べる為に地獄の門へと飛びます。サタンの娘「罪」

と息子「死」が門番でしたから、急ぎ開けさせて大地へと飛翔《ひしょう》します。全知全能の神がすべてをお見通しのなか、サタンは様々な動物の姿に変身してアダムとイヴ、そして禁断の「知恵の木」を検分します。

大天使ウリエルは堕天使がエデンに侵入した事を知り、大天使ガブリエルに警告します。ガブリエルはアダムとイヴの東屋《あずまや》辺りを警戒させる為に二人の守護天使を遣《つか》わしますが、時既に遅くサタンは蝦蟇《がま》の姿でイヴの夢に現れ、美味しい知恵の木の実を食べるようにと誘います。

神はアダムとイヴに差し迫った危機を警告する為に大天使ラファエルを楽園に遣わします。ラファエルは善と悪に分かれた天使達の大いなる戦い、堕天使達の地獄への転落、六日間での世界創造の有様、七日目に天使達が神への賛美の歌声を上げた事等一部始終を話し、神の業《わざ》には人間には到底理解できない事があるので、すべてを知ろうとは思わぬが良いと警告します。そこでアダムは知恵の木が禁断のものである事、淋しさを神に訴えた時に伴侶のイヴが自分の肋骨から生まれ出た事等を顧《かえり》みて告白します。

ラファエルが去ると、サタンが霧となって楽園に遣《や》って来て、眠っている蛇の体内に入り込みます。朝になってアダムとイヴが仕事を始めようとする時、イヴが別々に分かれて仕事をしたいと言います。アダムはラファエルとの対話を思い出し、伴侶は連れ立って居るのが良いと反対しますが、遂にしぶしぶイヴの言葉を受け入れて別れ別れになります。独りになったイヴにサタンが蛇の姿で近づき、甘い言葉で知恵の木の実を食べるように誘います。その余りの美味しさにイヴはアダムにも食べさせたいと実を一つ持って帰ります。アダムはイヴの仕出かしたことに恐れ慄《おのの》きますが、イヴを愛するあまり、何れ呪われるなら共に、と自分もその実を食べてしまいます。序《ついで》ながらここに付言すれば、アダムの神に対するこの初めての背反《はいはん》が、キリスト教神学に於いて、すべての人間に生まれながらに受け継がれているという罪、人類の原罪を象徴している訳であります。禁断の知恵の木の実を食べた二人は初めて淫欲の戯れを知ったのですが、同時に疎《うと》ましい恥じらいに襲《おそ》われました。

キリストが裁《さば》きの為に大地に降《くだ》ります。蛇は人間にとり永遠の敵《かたき》として憎《にく》まれ、イヴは産みの痛みに耐えて苦しみ、何時までもアダムの召使いとして仕えねばならず、アダムは労役に汗して食を得なければならぬと裁決が言い渡されます。

地獄の門番「罪」と「死」はサタンの人間誘惑の成功を知り、急ぎ大地に遣って来て、大地に於けるサタンの大使としての任に当たります。サタンは地獄に戻り配下の者共に策略の成功を誇らしく報告するのですが、サタンが得意の絶頂にあるその時、万魔《ばんま》諸共にみな蛇と化します。また地獄にも知恵の木に似た木々が出現しますが、堕天使達がその実を頬張《ほおば》ると、何と口一杯に亡骸《なきがら》が詰め込まれているのです。

アダムとイヴが神から離反した為に大地は呪《のろ》われ、とこしえの春に代わり厳しい季節が訪れる事になり、嵐や洪水、地震等あらゆる災害や病気に見舞われ、地上の生物も互いに争い相食《あいは》むという浅ましい有様となります。二人は深く悔《く》い、神の許しを願い、キリストの執《と》り成しもありましたが、エデンの園からの追放を免れることは出来ません。いっそ死んでしまおうとも思いますが、神は大天使ミカエルを遣わし人類の未来の有様を連続した幻影で見せるのです。ノアの洪水までの様子、人類がその後再び罪に汚れる様子、人間に化身したキリストの降臨、そして全人類の贖罪《しよくざい》の為に十字架に掛けられ復活し昇天する有様などが教会の様子と共に映し出されます。これによって、ミカエルは未来に人類の希望を託すように諭《さと》したのであります。未来は必ずしも絶望ばかりではないとアダムとイヴの心は幾分なごみ、肩を落としながらも手に手を取って楽園を去り、不毛の大地に降り立ったのであります。

『失楽園』から学ぶこと

この世は楽園ではなく、ディストゥピアであります。この欠陥社会にあっては、人はみな災害や病気を始めとして、あらゆる苦難に立ち向かわなければならないというのが当たり前の有様であると、改めて認識する必要があります。福翁の言うように、この世で自立自存の為に自分の欲望を適度に満たす為には、然るべき苦難を乗り越えなければならない訳であります。アダムに課せられたように、苦役に汗してこそ、人は適度の欲望を達成し、限られた幸福感に浸れるということであります。怠惰な暮らしを望む者は、さる堕天使の様に地獄に堕ちたままで居るより外に道はないのです。怠惰な日常には先の見えない地獄の苦しみが付き物ということでしょう。この欠陥社会ではどんなに栄光に輝いている人でも、人はみなそれなりの苦役と苦難に耐えているというのが現実であります。

ディストゥピア

現代に書かれたディストゥピアとして先ず心に浮かぶのはG・オーウェルの小説『一九八四年』であります。秘密警察や密告者が横行し、政治的自由ばかりか精神と思想の自由も完全に奪われ、真理も人間性も全く抹殺され、揚句《あげく》に人民は窮乏《きゅうぼう》と戦争に追い込まれると云う独裁国家の恐ろしさが描かれております。最近頻繁にテレビ映像で眼にする北朝鮮の状況を思わせます。又A・ハクスリーの小説『みごとな新世界』は科学文明の発展が窮極《きゅうきょく》に齎《もたら》すものは、人間的な価値の喪失と云う恐ろしい未来であるとしております。願わくは福翁の示唆《しさ》する方向に発展して欲しいもので、世界の衆知を集めて真剣に努力しなければなりません。地球と人類、それからあらゆる生き物の生命を絶滅から救う為にも、福翁の言う造化と人間の合体一致による地上楽園の実現を切に待ちたいものであります。

注

本書が出来る限り直截平易な読み物となる様に配慮した為に、出典の作品名等は凡そ本文中で触れ、場合により少々の解説を加えるに留めています。沙翁と福翁の全集からの引用箇所もそのつど示すことなく此処に一括して挙げております。沙翁全集は Peter Alexander's Collins Edition, 1951（石川実訳）に拠り、作品名はほぼジャンル別、引用順に示し、福翁全集は『福澤諭吉著作集』（全十二巻）慶應義塾大学出版会（二〇〇二〜二〇〇三）に拠っております。引用箇所の数字については沙翁全集では順に幕、場、行数を、福翁全集では該当書の頁数を示しています。

『沙翁全集』
『ハムレット』一・二・一三二—七／一・三・五九—八〇／一・五・五八—　／二・二・五八四—九〇／三・一・五六—八七／五・二・三三八—四一／五・二・二一二—一七

『ジュリアス・シーザー』一・二・三〇九—一一／五・一・一〇〇—六
『マクベス』三・四・一三六—四〇／五・五・二四—二八
『リア王』二・四・四七—五二／二・四・七一—七五
『ロミオとジュリエット』二・二・三三—五七／二・六・一一—一三
『オセロゥ』一・三・一八〇—九と一九九—二〇九
『お気に召すまま』一・一・八—一七／二・一・一—一八／二・七・一三六—六六／二・七・一四九—五三／三・二・一三〜二〇／三・三・六九—七二／四・一・一二七—四九
『あらし』三・一・五九—九〇／四・一・一五六—八／五・一・一八三—四
『真夏の夜の夢』一・一・六六—八二／一・一・一三四
『じゃじゃ馬ならし』二・一・一六七—七九／五・二・一四六—
『十二夜』二—四—二一—四〇／三・二・一七〜四九／三・四・一三六—三六七
『冬物語』一・二・八七—九六／二・二・一〇五—一五／四・四・七七—一〇三／四・四・一三五—一四二
『ヘンリィ四世・第一部』一・二・一八八—二一〇
『ヘンリィ四世・第二部』一・三・三六—六二／三・一・四—三一

『ヘンリィ六世・第一部』一・二・一三三
『ヘンリィ六世・第三部』一・二・二八―三一
『リチャード三世』一・一・一八―三一／一・三・二三二／一・四・一三三／五・三・一九三―二〇三

『福澤諭吉著作集』

『福翁自伝』二六―七／六八―七〇／四六／二八二―六／三一四―六。

『学問のすゝめ』八～九／六六／七八／八四―五／一八九／一九二。

『福翁百話』四―一〇／一八―二〇／二八―九／三一―二／三四―六／三九―四四／四七―八／五九／六〇／七五―六／九三―四／一一七―一二四／九／一三一―二／一四二―三／一四五―六／一七四―七／一八〇／一八二―三／一九四―五／二三三―四／二六九／二七二―六／二九〇―七。

あとがき

講義風の文体で本書を纏めたことから大学での現役時代の教室風景が甦り、話題がごく自然に湧き出て来て筆を執るのが楽しくなりましたが、果して冗漫のきらいがないものかと恐れております。枯淡の趣のある福翁の文章に深入りすればするほどに、偉大な思想家には古今東西に亘り共通な、そして深遠な発想があることに改めて驚いております。福翁の著書のごく一部を紐解いたばかりの筆者ですが、今日までの八十年の人生の様々な思いが幾つかの項目に整理されたように思います。これらを一層深めていく為にも、福翁を初めとし偉大な先覚者達の教えをまた新たに学ぶ必要に迫られた思いであります。慶應義塾創立百五十周年を明年に控えているこの折に新しい始まりを見出したいものです。

石川　実（いしかわ　みのる）
慶應義塾大学名誉教授
1927年茨城県に生まれる。
慶應義塾大学出版会からの著書（出版年順）
『シェイクスピア劇の世界』
シェイクスピア劇の人物描写の推移から、深まり行くシェイクスピアの人間観と芸術の軌跡を辿る
『シェイクスピア四大悲劇』
ギリシャ劇以来の演劇史的位置づけとテキストの精密な読みに読者を誘う観劇の案内書。深い読みを求める書斎から劇場への道筋を平易的確に解説する
『新体シェイクスピア』
沙翁劇五名作のハイライト場面はそのままに、各場面のつなぎに「語り」を導入した脚本集。短時間でシェイクスピア劇のエッセンスが楽しめる読み物
『沙翁と福翁に学ぶ生きる知恵』
現代に気品のある生き方を求めて先哲に学ぶ書。偉大な思想家に共通な発想からプラス志向で生きる指針を得る

沙翁と福翁に学ぶ生きる知恵

2007年5月21日　初版第1刷発行

著　者――――石川　実
発行者――――坂上　弘
発行所――――慶應義塾大学出版会株式会社
〒108-8346　東京都港区三田 2-19-30
TEL〔編集部〕03-3451-0931
〔営業部〕03-3451-3584〈ご注文〉
〔　〃　〕03-3451-6926
FAX〔営業部〕03-3451-3122
振替00190-8-155497
http://www.keio-up.co.jp
装　丁――――桂川　潤
印刷・製本――三松堂印刷株式会社
カバー印刷――株式会社　太平印刷社

Printed in Japan　ISBN978-4-7664-1379-3